ベリーズ文庫

落ちこぼれの辺境令嬢が次期国王に溺愛されて大丈夫ですか？
～モフモフしてたら求婚されました～

晴日青

STARTS
スターツ出版株式会社

目次

ノルディア国の
王太子
ランベール
ノルディア王国の次期国王。
誠実で正義感が強く、
政治的圧力の強い
現在の情勢をよく思っていない。
自分の人生は
自分で切り開くべきだと
考えている。
辺境の地の
貧乏令嬢
リティシア
早くに母を亡くし、
父とふたりの兄のもとで
大切に育てられた。
純粋でまっすぐな性格。
もふもふが大好き。
辺境の貧乏領地の役に立つため、
妃選抜試験を
受けることになったが…。
戦鳥《カグルートゥ》
成鳥は成人男性ほど
大きくなる巨大な生き物。
気性が荒く
プライドも高い性質のため、
専門的な知識と技術を
有した者にしか扱えない。

落ちこぼれの辺境令嬢が次期国王に溺愛されて大丈夫ですか？

モフモフしてたら求婚されました

CHARACTER INTRODUCTION

リティシアの周りの人たち

デルフィーヌ

四大家門・ルビエ家の令嬢。
妃有力候補者。
鮮やかな金髪と青い瞳の美人。
気が強く、発言がきついことも
しばしば。

エリーズ

物静かで思慮深い性格。
乗馬が得意で勉強は苦手。
ゆっくりとしたしゃべり口調で
おっとりして見えるが、
人一倍妃になるための意志が強い。

ニニルニロネールメール

妖精族《イリゼ》の令嬢。
好奇心旺盛で社交的な性格。
表情が豊かでコロコロ変わる。
感情によって瞳の色が
変わる特性を持つ。

ブランシュ

薄い水色の髪が腰まである
深く透き通った
青い瞳が特徴的。
リティシアの出身地・クアトリーに
強い関心を抱いている。

落ちこぼれの辺境令嬢が
次期国王に溺愛されて大丈夫ですか？
～モフモフしてたら求婚されました～

妃候補になりました

だん、と音を立てて、テーブルに短剣が突き刺さり、美しいクロスに穴が開く。

木製のテーブルならまだしも、大理石のテーブルだ。どう見ても普通の短剣にしか見えないそれが、突き刺さるわけがない。

それに気づいた痩せ型の男は、苦笑しながら目の前の大男をなだめようとした。

「落ち着け、マルセル。まだなんの説明もしてな――」

「最近、年のせいか耳が遠くてな」

見せつけるように短剣を引き抜いた男は、名をマルセル・ビビ・ティルアークという。

ノルディア王国の北東にあるトルカ地方の極寒の土地、クアトリーを治める辺境伯なのだが、洗練された貴族らしさはない。

がっちりした体格に見上げるような長身。さらに顎を覆う髭《ひげ》のせいで、貴族というよりは熊に見える。

今も口もとに笑みを浮かべているが、目が笑っていないのもあり、かなり威圧感がある。

しかし、彼と相対する痩せぎすの男――ロベール伯爵は少しもひるまなかった。

「なあ、ロベール。うちのかわいいリティを、どうするって？」

「だから、殿下の妃候補に推薦したと言ったんだ」

その瞬間、マルセルの身体《からだ》が怒りにふくれ上がる。

ロベールが震えずに彼を見据えていられているのが信じられないほどだったが、そこに扉をノックする音が響いた。

「失礼します」

やわらかくも芯のあるはっきりした声が聞こえたかと思うと、ほとんど蹴破る勢いで部屋の扉が開かれる。

「父さん！　ロベールさんを困らせてるって聞いたわよ！」

入ってきたのは、蒼氷色《アイスブルー》の髪を背中の半ばまでなびかせた娘だった。

彼女を見て最初に目につくのは、春の森を思わせる新緑の瞳だろう。

ぱっちりと丸い目は、眉尻が下がっていても気弱そうな印象を与えない。

リティとは彼女の愛称だ。

正式な名はリティシア・クロエ・ティルアーク。マルセルの娘で、ティルアーク家唯一の女性だ。

「いや、違う。違うんだ。困らせてるわけじゃない。ただちょっと話が噛《か》み合わなくてな」

マルセルが急にしおらしくなり、しどろもどろに言い訳をする。

「じゃあそのテーブルの穴はなに？」

「こ、これは……その……つい……」

「うちの財政が厳しいってわかってるはずよね。テーブルを新調するのにいくらかかかると思っているの？」

小柄な娘が、自分よりはるかに大きな男を説教する姿はなかなか奇妙だった。

先ほどの勢いはどこへやら、しゅんと肩を落とした父親から視線を外し、リティはロベールを振り返る。

少女を見た瞬間、ロベールの表情がぱっと明るくなった。

「リティ！　ずいぶんと美人になって……！」

破顔したロベールに向かって駆け寄ったリティもまた、笑顔を浮かべる。

「ロベールさんも最後に会ったときより、素敵になったわ」

議会の一員であるロベールは王都にいることが多いため、なかなか辺境のクアトリーまで足を運べない。

リティが彼と顔を合わせるのは、本当に久し振りだった。

「ははは、リティほどじゃないよ。いくつになったんだね？」

「この間十七歳になったばかりよ」

「やれやれ、手紙のやり取りだけじゃ気づけないものだな。いつの間にかすっかり大人になって。昔はこんなに小さかったのに」

ロベールが自身の腰あたりを示し、今は頭ひとつ分の差まで成長したリティを見つめた。

「お母さんにそっくりだ。マルセルに似なくてよかったな」

「瞳は俺似だ」

唸《うな》るように言った大男の新緑の瞳は、たしかに娘と同じ色をしていた。

そんな父に顔を向けたリティは、腰に手を当ててわざとらしく怒った顔をする。

「それより、なんの騒ぎなの？」

それを聞いたマルセルが顔をしかめてむっつりと黙り込む。

代わりに口を開いたのはロベールだった。

「以前、ランベール・エリゼ・ノルディア殿下の妃候補が選出される件について話しただろう」

「ええ、聞いたわ」

リティがうなずくと、ぱっとそちらを見たマルセルが眉間に皺《しわ》を寄せた。

「俺は聞いてないぞ」

「いちいち話の腰を折るんじゃない」

ロベールにたしなめられたマルセルが、再び低く唸る。

「……で、だ。その妃候補に欠員が出た。どうやら使用人との間に子供をつくったとか……。まあ、それはいい。大切なのは君が新しい妃候補に選ばれたという事実だ」

目を丸く見開いたリティが自分の口もとを手で覆った。

「ありがとう、ロベールさん……！」

勢いよくリティに飛びつかれたというのに、細身のロベールはびくともしない。

興奮するリティと微笑ましげに見つめるロベールだったが、その横にはますます顔をしかめるマルセルの姿があった。

「つまり、なんだ。父親の俺も知らないところで、勝手に話を進めていたのか？」

「ごめんなさい」

リティは淑女らしからぬ振る舞いを改め、ロベールから離れて言う。

「本当は最初の候補者決めのときに、私の推薦をお願いしていたの」

「なんだと？」

「少しでもみんなの力になりたくて……」

リティの言うみんなとは、家族とそしてクアトリーに住む人々のことである。

「この家で役に立つ〝妖精の祝福《スキル》〟を持っていないのは私だけだわ。だから……」

「誰もお前を役立たずだと思っていないと、何回も言ったじゃないか」

マルセルの声が悲しそうに震えるのを、リティはちゃんと聞き取っていた。

「父さんや兄さんたちがそう言ってくれて、本当にうれしかった。でも私、どうしてもなにもできない自分とみんなを比べてしまうのよ」

人間以外にも多種多様な種族が生きるこの国の人々は〝妖精の祝福〟と呼ばれる特殊な能力を有している。

リティの持つ能力は〝花を咲かせる能力〟だ。

ノルディアを狙う数多《あまた》の侵略者を蹴散らしてきたふたりの兄と違って、あまりにもか弱く儚《はかな》い。

マルセルも土で人形を作れるというかわいらしい能力だが、それを補って余るほど素晴らしい剣の実力がある。

「クアトリーは寒くて作物も育ちにくいし、事あるごとに侵略者にかき乱されて常に疲弊している土地よ。うちの財政だってひどい状況じゃない。それを知っているのに、私だけ呑気《のんき》に暮らしているわけにはいかないわ」

「それがどうして、王子殿下の妃候補と繋《つな》がる？」

「妃候補になるだけで支援金がもらえるの」

「……俺に、金のために娘を売らせるつもりか？」

「違うわ。お金も大事だけど、それだけじゃなくて……」

リティは父の怒りを察して慌てて言うも、その先の言葉がうまく繋がらない。

「私はみんなに幸せになってほしくて、それで」

父を説得しようと必死になるリティの代わりに、ロベールが口を開く。

「この国を内側から変えて、辺境の待遇を改善させたい……だろう？」

「そう。そうなの」

言いたかったことを示され、リティは何度も首を縦に振った。

いまいちしっくりこなかったらしいマルセルに対し、さらにロベールが続ける。

「これは私も常々考えていたことだ。中央に住む連中はこの国の広さをよく知らないらしくてな。どんなに提言しても自分たちのことばかりで、クアトリーのような辺境には目を向けようとしない」

「だから私が妃になって、この国の隅から隅まで目が届くようにしたいと思ったの」

リティがロベールの言葉に同意しながら、早口で言う。

「辺境の地域に余裕ができれば、最終的にはノルディアも豊かな国になるはずよ」

マルセルは娘を見つめたまま、しばらく口を開かなかった。

さらに言葉を重ねようとしたリティだったが、ロベールがそっとそれを止める。

「君抜きで話を進めた件については、いくらでも謝罪しよう。だけどな、言えば絶対に反対するだろう？」

「当たり前だ！」

獣の咆哮《ほうこう》かと思うほどの怒声に、部屋の壁がびりびり震えた。

「うちのかわいいリティが結婚だと？　たとえ相手が王子殿下だろうと許すものか！」

「リティが大切なのは私もよくわかるよ」

ロベールはマルセルの声にまったく怯《ひる》まず、静かに告げる。

「だが、このままでいいとは思っていないだろう」

「リティはまだ子供だ」

「もう子供じゃない。……お前も、お前の息子たちも、一生一緒にいられるわけじゃないんだ。わからないとは言わせないぞ」

ロベールの言葉に、マルセルがぐっと詰まる。

リティの母は、彼女が幼い頃に流行《はや》り病によって命を落とした。

そのときちょうどマルセルは、海を渡ってやってきた侵略者たちと戦っており、妻の死に目に間に合わなかったのだ。

「なあ、マルセル。私だって君に嫌がらせをしたいわけじゃない。ただ、リティをここにとどめておくのはもったいない気がするんだ。自分から家族のために、この地域のためになんとかしたいと相談してきて、最後は『この国のために妃になる』なんて言いだす子を、辺境の地に閉じ込めておいていいとはどうしても思えないんだよ」

「しかし……！」

「リティの人を想う気持ちは、きっと今のノルディアを変えてくれる。私が知るうえで、これ以上次期王妃にふさわしい女性はいない」

「……リティじゃなくてもいいはずだ。幼い頃から次期王妃になるべく勉強してきたような令嬢がいるだろう？　そういう女性のほうが……」

「この国には新しい風が必要だよ、マルセル。王子殿下にとっても、リティは得がたい存在になる。……貴族のいざこざに縛られていない貴重な令嬢だからね」

長期戦になりそうだと判断したのか、ロベールが苦笑交じりにリティを振り返る。

「悪いが少しマルセルとふたりで話したい。いいかな」

ここで空気を察せられないリティではなかった。

「もちろんよ。じゃあヒューイを見に行ってもいい？　今日もいるんでしょう？」

「ああ、いるよ。厩舎《きゅうしゃ》に繋いであるから会っておいで。久し振りだからきっと喜ぶだろう」

「じゃあ鹿肉を持っていくわね。あれが大好きだったもの」

気を利かせたリティは、ひとまず考えなければならなそうなことから意識を逸《そ》らして部屋の外へ出た。

扉を閉めてすぐ、廊下の柱に隠れきれていない長身の影を見つける。

「トリスタン兄さん、盗み聞きなんてらしくないわよ」

「……俺じゃない。ジョエルがやろうと言ったんだ」

ぬっと柱の陰から現れた男は、リティによく似た蒼氷色の髪と新緑の瞳をしていた。

がっしりとした体格はマルセルに似ていたが、彼のように熊らしくない。鍛え抜かれた大剣のような無骨さと威圧感を与える男だった。

「俺のせいにするんじゃないよ。乗り気だったくせに」

そんな声が聞こえると同時に、トリスタンの後ろからもうひとり長髪の男が現れた。リティの二番目の兄、ジョエルだ。

こちらも同じ髪と瞳の色をしており、リティとマルセル、そしてこの兄弟が血縁者だとひと目でわかる。

口もとに浮かべた笑みは皮肉っぽく、どことなく余裕を感じさせた。トリスタンと違い、細身のジョエルは剣を握る姿が想像しにくい。

彼らはリティの兄だった。トリスタンとは十歳差、ジョエルとは七歳差である。

辺境の地に収まっているのがもったいないと嘆かれるほどの能力を持った逸材だが、彼らは父と同様、年の離れた妹を溺愛——もとい、偏愛している。

「それで、どこまで聞いてたの？」

あきれた様子でリティが聞くと、ジョエルが肩をすくめた。

「全部。こっちには兄さんがいるからな」

弟に小突かれたトリスタンが気まずそうな顔をする。

「ふうん、便利な能力《スキル》ですこと。盗み聞きに使わないならもっとよかったのに」

「その、俺は」

「兄さんたちも反対なの？」

リティはなにか言おうとしたトリスタンを遮って尋ねた。

「反対だ」

「反対だよ」

ふたりの兄は、妹の質問に即答した。

「かわいいリティと離れ離れになるなんて耐えられない。俺が毎日涙を流す日々を送っていいのか？」

「兄さんの涙なんて、きっとすぐ凍っちゃうわ」

ふいっとそっぽを向いたリティが廊下を歩きだす。

その後ろをトリスタンとジョエルが追いかけた。

「リティ。俺たちは前から決めていたんだ。もしお前に求婚してくる男がいたら、本当にふさわしいか家族で見極めようと」

トリスタンが言うも、リティは振り返らず歩く。

「どうせ物騒な見極め方なんだわ。言わなくてもわかってるんだから」

「たしかに俺たちを倒せたら、という条件はつけるつもりだったが……」

「ほら、やっぱり！　父さんと兄さんたちに勝てる人なんて、この国にいるわけないでしょ」

そう言い返し、リティが足を止める。

「止めようとしたって無駄よ。やっと自分にできることを見つけたの」

きっぱり言う妹を前に、無骨なトリスタンは唇を引き結び、皮肉っぽい苦笑を浮かべていたジョエルが小さく息を吐く。

「だってさ、兄さん。いつの間にか俺たちのかわいい妹は、兄の助言を必要としなくなったようだ」

「……耐えられない」

「それでもティルアーク家の後継ぎか？　まあ、俺も今すぐ王都を氷漬けにしたい気分だけどな」

リティはふたりの兄が離れていくのを見送ることなく、再び歩きだした。

食堂に立ち寄り、なんとも寂しい食糧庫から鹿肉の切れ端を調達する。

周囲に使用人の姿はない。

常に財政状況がかつかつのティルアーク家ではたった三人しか雇っておらず、食事の支度をしている時間でもない限り、食堂には誰もいないからだ。

（まったく、父さんも兄さんたちも困っちゃう）

布でくるんだ鹿肉を手に、リティは外へ向かった。

食堂の裏口から屋敷を出ると、幼い頃から慣れ親しんだ冷たい風が頬を刺す。

これでも今日は暖かいほうだった。

彼女の住むクアトリーは海に面した小さな領地で、魚よりも流氷を拾うほうが簡単だといわれるような土地である。

リティが足早に粗末な厩舎へ向かうと、そこには巨大な空色の鳥が繋がれていた。

体格のあるマルセルを乗せてもまだ余裕がありそうな大きさで、ふんわりとした羽毛には似つかわしくない鋭い目つきをしている。

頭の左右にぴんと立った角のような耳が、リティの足音に反応して動いた。

「ヒューイ、久し振り！　元気だった？」

名前を呼ばれた鳥は不思議そうにリティを見た後、甘えた声で鳴いた。

そして自身より小さい彼女に擦り寄り、頭をなでてほしいと顔を押しつける。

「こら、ちょっと待って！　今、お肉をあげるから」

年中気温が低いためにほとんど作物が育たない地では、食料が非常に貴重だった。

ヒューイのために用意したこの鹿肉も、リティにとってはちょっとしたご馳走である。

「もう！　そんなにくっついたらあげられないじゃない！」

笑い声をあげ、リティは擦り寄る巨鳥に向かって鹿肉のかけらを差し出した。

リティの顔よりも大きいくちばしが、彼女の手から丁寧に肉をついばみ、すぐに上を向いてごくんとのみ込む。

「もっと味わって食べていいのよ？」

ヒューイはリティの言葉など聞かず、差し出される肉をうれしそうに次から次へと口にした。

この巨大な鳥を、ノルディア王国では〝戦鳥《カグルートゥ》〟と呼ぶ。

国土のほとんどを森林と氷に覆われたノルディアにおいて、戦鳥は優秀な移動手段であり、輸送手段だった。

ひと抱えもある卵から生まれ、体高は成人男性の平均ほど。

気性が荒くプライドも高いため、専門的な知識と技術を有した者にしか扱えない。

その一方で羽毛は極上の手触りと抜群の撥水性《はっすいせい》を有している。

戦鳥の羽毛で作られたベッドを手に入れることが、この国の多くの一般市民の夢だと言われる所以《ゆえん》だ。

体色は様々で、ヒューイのように単色の個体もいれば、二種類以上の色を持った個体もいる。

ノルディアでは王族が炎の力を持っていることから、赤みが濃ければ濃いほど価値の高い戦鳥とされた。

「食べ終わった？　じゃあ、ぎゅってさせて」

ヒューイがクルルと小さな声で鳴き、リティが抱きしめやすいように頭を下げる。

多くの人々が憧れると同時に恐れる戦鳥は、なぜかリティにとても甘かった。

リティはその理由を『戦鳥への愛が伝わりすぎているからだ』と思っているが、親馬鹿のマルセルや、ふたりの兄は『リティがかわいいからだ』と言ってはばからない。

「んー……。この香ばしいにおいも久し振り……」

リティとヒューイの付き合いは、もう十年以上前からになる。

父マルセルとロベールは戦友の間柄で、なにかと接する機会が多かったからだ。

三十年前に起きたという侵略戦争にて、リティの父マルセルとその友人ロベールは獅子奮迅《ししふんじん》の働きを見せたという。

そのときの戦功によってロベールは中央地域の伯爵位を、古くから地方領主をまとめてきたティルアーク家の家長であるマルセルは辺境にとどまり、辺境伯の地位を与えられた。

辺境伯といっても、もともと辺境地域の盟主として扱われていたため、立ち位置は変わらなかったらしい。

貴族になって三十年が経つのに彼がいまだに貴族らしからぬ言動なのは、そのせいだ。

そしてそれは、彼に育てられたリティとふたりの兄も同じである。

「ねえ、ヒューイ。聞いてくれる？」

リティがヒューイの首あたりの羽毛に顔を埋めながら言う。

体温によって温められた空気をたっぷり含んだ羽毛は、もっふりと彼女を包み込んだ。

「私、ついに殿下のお妃候補になれるらしいわ」

再びヒューイがクルルと喉《のど》を鳴らす。

「最初の推薦ではだめだったの。ロベールさんが頑張《がんば》ってくれたんだけどね」

辺境貴族なんて、と難色を示したのは議会の貴族たちだ。

ロベールが彼らの差別意識をとがめても、最後まで変わらなかったという。

「二度目の推薦もきっととても大変だったんだと思う。だから絶対、この機会を逃すわけにはいかないわ。辺境なんかってあざ笑う人たちの意識を変えるためにもね」

リティはクアトリーしか知らないが、人々の暮らしはいつもぎりぎりに見えていた。

食事は一日二食で、干し肉か魚のスープがほとんど。

それは貴族であるティルアーク家も変わらない。

だというのに、マルセルやトリスタンがは目を見張るような体格をしている。

リティが、この謎をいつかティルアーク家の七不思議として解明すべきではと常々思っているのは内緒だ。

さらに、凍てついた土地で野菜や果物は贅沢品《ぜいたくひん》で、娯楽を楽しむ余裕もない。

(だってのんびりしていたら、凍っちゃうもの)

冷たい風が吹きつけ、ヒューイが翼を広げる。

そしてリティの身体を寒さから守るようにそっとくるんだ。

「ありがとう」

感謝の言葉を述べてから、リティは再びヒューイの羽毛に顔を埋めた。

(とにもかくにもお金が必要なのよね)

農業ができるように土地を改良するのも、産業に集中できるように生活を改善するのも、金銭に余裕がなければ難しい。

昔から方法を考えてきたリティは、自身の結婚が最も効率のいい手段だと結論づけていた。

わけで）

（だって簡単に他家の援助を受けられるもの。となると、うちで都合がいいのは私な

はあ、とリティが溜息《ためいき》をついた。

「政略結婚よりは未来があるのよね。うまくいけば、一時的なお金を手に入れるだけじゃなくて、そもそも全部の問題を解決させられるんだから」

ヒューイがリティの顔に自分のくちばしを押しつける。

もふりとした羽毛をなでていたリティは、ヒューイの反応を受けて苦笑した。

「でも……いざ妃候補って言われると、ちょっと怖いわ」

なでられていたヒューイが、返事をするように小さく鳴く。

「覚悟していたはずなんだけど。……役に立ちたい気持ちだってあるのに」

そう言うと、リティは厩舎のそばにある小さな花畑に目を向けた。

両手を広げた程度の大きさしかない、とても小さな花畑だが、極寒の土地だというのにかわいらしい花が咲き誇っている。

幼い頃、彼女が花の種に『早くお花さんが咲いて、ずっとずっときれいでいてくれますように』と言って能力《スキル》を使ったとき、花々は急速に成長を遂げた。そして今も枯れることなく咲き続けているのだ。

（『花を咲かせる』なんて、妃になったとしてもあまり役に立たないわね）

この世界に生きる者は三歳になると、妖精の加護、すなわち〝祝福〟によって必ずなんらかの能力《スキル》が発現する。

たとえば長兄のトリスタンなら、雷の妖精から授かったとされる帯電能力だ。

武人の彼は主に戦闘時に武器に雷をまとわせて使うが、先ほど盗み聞きしたときのように音を自分のもとへ届けることもできる。

原理はリティにもわからないが、なにかに電気を付与して音を運んでいるらしい。

次兄のジョエルは、この国で最も信仰する者が多い〝氷の妖精《テルス》〟の申し子と呼ばれるほど、強力な氷結能力を持っている。

氷の妖精の信奉者たちはジョエルを特別視しているが、本人は氷の妖精に対してなんの感情も抱いていなかった。

むしろ『氷の妖精のおかげ』と言われることを嫌っている節さえある。

（父さんだけは、ちょっと特殊だけど）

マルセルもリティと同じく弱い能力だ。

土の妖精に祝福を受けたマルセルにできるのは、手のひらに収まる大きさのものを作ること。しかも土製に限る。

兄たちに比べればささやかな能力であり、リティも父が能力を使ったところをほとんど見たことがない。

それなのに彼が辺境伯として認められているのは、卓越した剣の腕があるからだ。ロベールを含むたった数十騎を率いて、数千規模の侵略軍を退けた英雄となりえたのは、その腕前によるものである。

向かうところ敵なしの彼らが、どれほど熱烈な誘いを受けても中央の王国騎士団に所属しないのは、故郷とリティへの愛情が強すぎるため、そして人々が思っている以上に海を渡ってやってくる侵略者との戦いが厳しいためだ。

妻の死に目に会えなかったマルセルが、たとえ泣き叫ばれても娘をそばに置きたがるのはある意味当然で、それを見たふたりの兄が右にならえとばかりにリティを溺愛するのも理解できない話ではない。

リティの能力《スキル》が弱いと知ってから、彼らの過保護はさらに増したように思う。

ゆえにティルアーク家にいる限り、リティはいつまでも小さくて弱い末妹で、なによりも優先して守らねばならない存在なのだった。

「……やっと役に立てるときがきたのに、不安に思うなんて。自分から推薦をお願いしたんだから、こんなのだめよね」

独特の香ばしい獣くささを漂わせる羽毛に手を突っ込む。

わしゃわしゃと手を動かすと、ヒューイがうれしそうに鳴いた。

「本当はずっとつらかったの。……みんなに申し訳なかった。私だけなにもできなくて、『リティは小さいんだからいいんだよ』『子供だからいいんだよ』って言われるの」

家族がどれだけ自分を愛しているか、彼女は知っている。

だからこそ、そんな家族になにも返せない自分が悔しくて情けない。

（……大丈夫。怖くないわ。みんなの役に立ってみせる……）

ヒューイはリティをじっと見つめ、安心させるようにクルルと声をあげる。

その直後、足音が聞こえた。

「リティ、話を済ませてきたよ」

現れたのはロベールだった。

ヒューイは主人に見向きもせず、リティになでられてうっとりしている。

「思ってたより早かったのね。ごめんなさい、父さんが……」

「いや、私も悪い。マルセルの意思を無視すべきじゃなかった」

「だけどロベールさんが言ってた通り、相談しても父さんは絶対うなずかなかったわ」

ロベールは厩舎の柵にもたれ、リティに手招きをした。

リティがおとなしく彼のもとへ向かうと、ヒューイが名残惜しげに鳴く。

「マルセルは君の判断に任せるそうだ。あいつにとっては不運だったかもしれないが、君にとっては幸運な話だからね」

「父さんはほかになにか言っていた？」

「君の幸せだけを願っていると」

リティの胸が小さく疼《うず》く。

マルセルは過保護で面倒な男だが、愛すべき父親でもあった。

（……ありがとう、父さん）

必ず本人に伝えようと心に誓い、リティは泣きそうになったのをこらえてロベールに話しかける。

「それにしてもすごいわね。一度は推薦を蹴られたのに、今度は大丈夫だなんて」

「絶対にこの国に必要な女性だと、何度も説得したからね」

茶目っ気を見せたロベールだったが、リティの中に新しい疑問が浮かぶ。

「今さらだとは思うのだけど……。どうしてそこまで私を推してくれるの？　妃候補になりたいってお願いしたから……？」

リティは自分にできることを探してロベールに相談した。

しかしこれは、父と友人関係にあることを利用して話を通したといえなくもない。

ここにきて不正だったのではと不安になったリティだったが、ロベールは彼女を否定して首を左右に振った。

「いくら戦友の娘でも、ふさわしくない人を推薦するわけにはいかないよ。君が自分から願わなかったら、私から提案していたさ」

「次期王妃に向いていると思っていたの？」

「説明が難しいな。君の持つすべてが、この国にとって必要だと思ったんだ」

ロベールの視線が、遠ざかったリティを求めて喉を鳴らすヒューイに向けられる。

「たとえば戦鳥は人の心を読むと言われる。どんな欲望も雑念も見抜くからこそ、人間に対して攻撃的なんだとね」

「初めて聞いたわ」

「君に対してやたらと甘えたがるのは、他人を想い、自分のことのように考えられる優しい子だと見抜いているからじゃないかな」

「私、そんなに『いい子』じゃないわ。わがままだって言うし……」

リティがすぐに否定するのを聞いて、ロベールが苦笑いした。

「だが、現に戦鳥たちは君にすぐ懐いてしまう。言葉の通じない鳥にさえ慕われる君なら、この国の民にだって好かれるはずだ。そして人を惹《ひ》きつける力は、どんな特別な能力よりも得がたいものだと思う」

褒められたリティが頬を染めると、ロベールはさらに続ける。

「もちろん、推薦理由はそれだけじゃない。君はただ理想を語るだけじゃなく、自分で行動しようとする子だ。妃候補の件だってそうだっただろう？」

「ほかにできることがないから、そうすべきだと思っただけよ」

「そう思ったからといって実際に動ける人間は多くないんだよ、リティ」

ロベールがあまりにも優しい言葉をかけてくれるものだから、リティはすっかり恥ずかしくなってしまった。

照れ隠しをするように指に髪の毛先を巻きつけ、赤くなった頬を隠そうと視線を下に向ける。

「ええと……質問に答えてくれてありがとう。どうして私を推薦してくれたのかよくわかったわ」

少し早口になったそれを、ロベールはからかわなかった。

「私、妃候補として頑張ってみる」

リティが改まった様子で言う。

「殿下はとても優れた方だ。きっと君もすぐ好きになる」

ロベールの節くれだった大きな手になでられたリティは、幼い頃を思い出してくすぐったい気持ちになった。

同時に、意識から抜けていたことに気づく。

(未来の王妃になるなら、殿下を好きになったほうがいいのよね)

辺境に住んでいる影響か、リティはあまりランベール王子について知らない。

(好きになれるような人なのかしら?)

本来、貴族の結婚といえば家同士の結びつきを強める意図が強い。

政略結婚が当然の世界で、恋愛結婚などほとんどありえないのだが、彼女の両親はその『ありえない結婚』で結ばれていた。

だからリティも、仕組みとして政略結婚を理解してはいるものの、無意識に夫婦は愛し合って当然だという考えがある。

「リティ」

まだ見ぬ夫となるかもしれない相手を想像していたリティは、名前を呼ばれて顔を上げた。

「これから君は正式にランベール殿下の妃候補だ。選出の公平を期すためにも、向こうでは手を貸せなくなる」

「会えないの？」

「そうだね。でも、マルセルたちと同じように私もいつも君を思っているよ」

心細さがよぎるも、リティはそれを顔に出さない。

代わりに上手に笑顔を作り、ロベールから離れてヒューイの首も抱きしめた。

「ヒューイともまたしばらく会えなくなっちゃうわね。元気でいるのよ」

クルル、と鳴いたヒューイが目を細めてリティに甘える。

（もう『小さいリティ』じゃないわ。みんなのために、私にもできることをするの）

リティもまた、ヒューイの羽毛に顔を埋めて決意を固めた。


ロベールがティルアーク家を訪れてから、あっという間にひと月が経った。

急遽《きゅうきょ》、妃候補として王都へ向かうことになったリティに準備期間はほとんどないようなものだったが、彼女は特に気にしていなかった。

持ち込み可能な私物は主に着替えだ。

もしもリティが一般的な貴族の令嬢だったなら、どの服を持っていくか悩む時間にひと月使ったかもしれない。

しかしもとよりティルアーク家の財政はかつかつで、彼女は数着の服を着回して生活していた。

ゆえに支度の時間がかからなかったというわけだ。

それから、愛しい家族と故郷に別れを告げたリティは、五日かけて王都にたどり着いた。

そこでロベールが手配した案内人から、王都に滞在している間の過ごし方や、妃選びをするにあたって行われる試験について話を聞き、ついに三階建ての真っ白な美しい邸宅にやってきたのだった。

(さて、ここが今日から私の住む場所ね)

リティの家となる邸宅は、城を中心とした敷地内の西に位置している。

案内人の言葉によると、まったく同じ様式で造られた邸宅が東側にもあるとのことだった。

そこで妃候補たちが四人ひと組の共同生活を送るという。

彼女をここへ連れてきたのは、案内人から役目を引き継いだというイーゼル卿《きょう》だ。

なんでも、この妃選びにおいて発言を許されるほどの『お偉いさん』らしい。

「事前に説明があった通り、選考を脱落して実家へ送られるまで、家族との面会は禁じられている。手紙を出すのはかまわないが、節度ある回数を心がけよ」

「はい、わかりました」

「くれぐれも……くれぐれも、問題を起こさぬよう」

(そんなに念を押さなくても)

このイーゼルという男は、案内人からリティを引き渡される前から彼女に否定的な感情を抱いていたようだ。

今後の生活について質問をすれば、「田舎者はそんなことも知らないのか」と鼻で笑い、「どうせすぐに帰る羽目になるのだから、規則を再確認する必要はない」と冷たくあしらったからだ。

偉い身分にもかかわらず、わざわざリティの案内を引き継いだのは、補欠で現れた妃候補がどんな人間か見たかったからか、あるいは心ない言葉で諦《あきら》めさせたかったからか。

リティは短いやり取りの内容から、間違いなく後者だと確信していた。

(この人のおかげでよーくわかったわ。辺境出身者がどれだけ下に見られているのかってことをね)

心の奥底で闘志を燃やしながらも、リティは部屋の前まで案内してくれたイーゼル卿に対し、感謝を込めて頭を下げる。

「ありがとうございます。妃候補のひとりとして、これから――」

言いかけたリティは、違和感を覚えて顔を上げた。

目の前にいたはずのイーゼル卿が、背を向けて遠ざかっていく。

(あんな人が妃選びにかかわっているなんて、本当に大丈夫なのかしら？)

さすがにむっとするも、追いかけて文句を言うわけにはいかない。

ひとり残されたリティは目の前の扉を見つめると、ゆっくり深呼吸して自分を落ち着かせる。

そして自分を奮い立たせ、凛《りん》とした表情で扉に手を近づけた。

(ここから私の新しい一日が始まるのね)

勇気を出して軽くノックし、真鍮《しんちゅう》のノブを掴《つか》む。

「あ、来た！」

リティが扉を開けると、まずそんな声がした。

足を踏み入れてから扉を閉め、立ち止まって声の主を探す。

しかし、リティが見つけだす前に張本人が彼女のそばへ駆け寄った。

「初めまして！　私はミステア家のニニルニロネールメール。ニナって呼んでね」

華やかな桃色の髪の娘だ。感情豊かな愛らしい顔つきは小動物らしくもある。

「ニニ……なんて？　ごめんなさい、聞き取れなくて」

「ニニルニロネールメール！　人間にはちょっと発音しづらいよね」

言葉の意味を問おうとしたリティは、目の前の娘の瞳の色がくるくると虹色に変わることに気がついた。

「もしかして妖精族《イリゼ》？」

「そうだよー。薬草には詳しいから、怪我《けが》をしたときは言ってね。私みたいなのに会うのは初めて？」

顔を覗《のぞ》き込まれたリティは、新鮮な驚きとともにうなずく。

妖精といっても、厳密には本物ではない。

感情によって色が変わる瞳と、人間より小柄な体躯《たいく》を持つ種族をそう呼ぶだけだ。

(妖精族は好奇心旺盛で明るい人が多いと聞いていたけど、本当みたい)

驚きから立ち直ったリティはニナに向かってにっこり笑いかけ、握手のために空いている右手を差し出した。

「リティシア・クロエ・ティルアークよ。みんなにはリティって呼ばれているわ」

「よろしく、リティ」

ニナはもう一歩リティに歩み寄ると、うれしそうに握手に応える。

「もう一回言うけど、私はニナだよ。ニニでもいいけど」

「せっかくならニナって呼ばせてもらうね」

仲良くなれそうな子がいてよかったと思っていたリティは、改めて部屋を見回した。

それほど広くない部屋の四隅にベッドが置かれており、すでにそのうちの三つには荷物が置かれている。

入ってきた扉から見て右にある二台のベッドの間には、隣室に続く扉があった。おそらく、浴室や洗面所に繋がっているのだろう。

前方の壁には窓があり、その真下には丸テーブルがひとつだけあった。

ベッドと違ってひとりひとテーブルというわけではないだろうから、この丸テーブルを四人で使うようだ。

(私の部屋よりちょっと広いくらい？)

妙な安心感を覚えたリティだったが、これは令嬢としては異質な感覚である。

四台のベッドとテーブルがひとつしかない部屋など、質素すぎて使用人の部屋かなにかかと思って当然だからだ。

さらにリティは、廊下に面した扉から近い右側のベッドの上でおっとりとした笑みを浮かべている令嬢に気づいた。

「あなたも同室の候補者？」

「ええ」

紅茶色の髪を揺らしながらのんびりと立ち上がった娘は、リティと目線の高さが同じだった。

「私は……」

「エリーズです。ハスケル家のエリーズ」

「リティさん、ですよね。今、ニナさんとお話しているのを聞いていました」

眠そうな顔にふさわしいゆっくりした喋《しゃべ》り方は、長旅で疲れたリティの眠気を誘った。

「わからないことがあれば、遠慮なく聞いてください」

「ありがとう。じゃあさっそくなんだけど、そこから見えているのは湖で合ってる？」

窓の外を示したリティの視線を、エリーズの目が追いかける。

「ええ、そうです。王城を守る〝炎の妖精《フィロ》〟の湖ですね」

炎の妖精は、この国において氷の妖精と並ぶ偉大な妖精のことだ。

厳しい寒さをやわらげる炎の妖精を貴ぶ人々もいれば、人の力が及ばない無慈悲な氷の妖精をあがめる人々もいる。

「私、海は見たことがあるけど、湖は初めてよ」

「自由時間に見に行ってはどうでしょう。夕暮れがおすすめです」

「きれいな景色が見られそうね。行ってみるわ」

ノルディア国の王族が住まう城は、文字通り湖の真ん中にある。

長い石造りの橋を経由しなければ、王都にも行けない変わった造りだった。

彼女たちが今いるこの候補者用の邸宅も城の敷地内にあるため、窓からは広い湖がよく見える。

「流氷のない水を湖というのかしら。海は凍っているから」

リティが故郷の海を懐かしみながら言うと、すぐに答えが返ってくる。

「違うよー。ここは〝炎の妖精《フィロー》〟の加護があるから凍らないんだよ」

素早く窓に移動したニナが言い、遠くに映る城を指さした。

「ノルディアの王族はみんな炎の妖精の祝福を持って生まれるって知ってるでしょ？あれって、大昔に契約したからなんだって。『この氷の大地を人が住める土地にしてください』ってお願いを叶《かな》えてもらうために」

「契約……ってことは対価があるのよね？」

リティは、幼い頃に兄のジョエルから聞いた悪い妖精の物語を思い出した。

願いを叶える代わりに大切なものを奪う恐ろしい妖精の話だ。

「そうだよ。王族は寂しがり屋の妖精のために、ここを笑顔でいっぱいにするのが仕事なの」

からっとした口調で言われ、リティはほっとする。

「そんな話があるのね。教えてくれてありがとう」

「この話を知らない人に初めて会ったよ！　ほかには？　どんな話を聞きたい？」

興奮しているのか、ニナの瞳が橙《だいだい》と黄色が入り交じった色を映し出す。

神秘的なその変化を、リティは素直に美しいと感じた。

「話を聞くのもいいけど、今は荷物を置かなきゃ」

部屋に入ったところで立ち止まっていたリティは、まだ自分が荷物を持ったままだったと気づいて室内を見回す。

「あ！　そうだね。リティのベッドはここだよ。私の隣！」

唯一、荷物が置かれていないベッドはエリーズの対角にあった。

つまりニナが使うのは、部屋に入ってすぐ左側にあるベッドだろう。

リティは荷物を置き、ふんわりとした触り心地のシーツをなでてから、自身の向かいのベッドに視線を向けた。

「そこは誰のベッド？」

「デルフィーヌ。あのルビエ家のお嬢様だよ」

ニナの瞳の色が青に近い灰色に変わる。

その色が示す感情の意味はまだわからないが、リティは不安や恐れといった、好意とは遠い感情ではないかと思った。

ニナの含みのある言い方と表情に引っかかりを覚えたからだ。

「あの……って言われても、ごめんね。私、あんまり貴族の常識に詳しくなくて」

「特別な推薦を受けた候補者って聞いたけど、わからないこともあるんだね」

ぎょっとしたリティだったが、ニナの言い方に悪意はない。

どうやら彼女は思ったことをすぐ口にしているだけのようだった。

「今回の『妃選び』の最有力候補って言ったら、伝わりますか？」

横からエリーズが口を挟む。

「つまり家がすごく大きいとか、有名とか？」

「ええ、ルビエ家はこの国でも別格なんです。四大家門のうちのひとつですから」

親切に説明してもらいながら、リティは自分の無知を恥じていた。

（ここへ来るまでの一か月間で、礼儀作法や公式の場での振る舞い方は学んだつもりだったけど、ほかの家門についても覚えておくべきだったのね……）

「よりによってルビエ家の子と同室なんて、ついてないよねぇ。私なんか絶対霞《かす》んじゃうよ」

ニナがベッドにひっくり返りながら言ったのと同時に、扉をノックする音がした。

一番扉に近かったエリーズが応えようとするも、それより早く扉が開く。

「わたくしもついていないわ。あなたのような候補者と同室なんて」

入ってきた娘は、とげのある口調でニナに言い放った。

そしてちらりとリティを見て鼻を鳴らす。

「あなたが新しい候補者？　こんなに遅い到着になるなんて、さぞ遠いところから来たのでしょうね」

ニナたちが話していたデルフィーヌとは彼女のことだろう。

最有力候補と言われているだけあって、実に華やかな雰囲気の美しい令嬢だった。

リティとは対照的な鮮やかな金髪ときらびやかな青い瞳は、不思議と彼女が着たチェリーレッドのドレスとよくなじんでいる。

吊《つ》り上がった目尻と、引き結ばれた形のいい唇が彼女の気の強さを示しているように見えて、リティは無意識に背筋を伸ばしてしまった。

「うん、まさか王都までこんなに遠いとは思わなかったよ」

「……『うん』？」

なにが気に障ったのか、デルフィーヌが上品に眉根を寄せる。

「その程度の教養でよく候補者として名乗りを上げられたわね。……ああ、特別に推薦された、だったかしら？」

明らかに敵意のある物言いには、さすがのリティも顔をしかめた。

「初対面の相手に名乗りもせず、失礼な嫌みを言うのは教養があると言えるの？」

「まあ、本当になにも知らないのね」

リティの疑問に対し、デルフィーヌの表情が不快そうなものから哀れみへと変わる。

「社交界では身分の低い者から名乗るものなのよ。この部屋にいる候補者たちは知らないようだけれど」

「家柄に言及しないっていうのが、この妃選びの約束事《ルール》なんじゃなかった？」

案内人から聞いていたことについて触れると、デルフィーヌは軽く肩をすくめた。

「貴族ならば、言葉の裏をお読みなさいな。なにもかも真に受けて、どう他国と渡り合うつもり？　いずれ王妃となれば、わたくしたちも外交を任されるのよ。使者の申し出を疑いもせず聞き入れれば、この国が不利益を被るかもしれないでしょう」

デルフィーヌの言葉は正しい。

正しすぎるが、言い方というものがある。

「それなら私から名乗ればいいんでしょう。リティシアよ。リティとは呼ばないで。それは友達と家族にしか許していない呼び方なの」

「頼まれても呼ばないわ。――デルフィーヌ・マルグリット・ルビエよ」

ようやく名乗ったデルフィーヌは、不満をあらわに睨《にら》むリティには目もくれず、自身のベッドに腰を下ろした。

そして自身の荷物から一冊の本を取り出すと、頁《ページ》をめくって読み始める。

かわいそうなのはニナとエリーズだった。

ひどく気まずい空気の中、ニナがリティに向かって苦笑いし、ひらひらと指先だけで手を振る。

「とりあえず同じ部屋になっちゃったものはしょうがないし、同じ目的があるんだから一緒に頑張ろうよ」

ニナに言われるも、リティは素直にうなずけなかった。

(デルフィーヌ……こんな嫌な子がいるなんて。絶対仲良くなれそうにないわ。でもニナとエリーズとはうまくやれそう。それだけは救いかな)

デルフィーヌの登場でお喋りどころではなくなったこともあり、リティは自分の荷物の整理を始めた。

その夜、候補者たちが全員揃ったため、城の大広間にて顔合わせのパーティーが行われた。

入口で飲み物を受け取ったニナは、唇を湿らせるのも忘れてきょろきょろと周囲を見回す。

(うわあ、すごい)

集められた候補者は全部で百人。

贅の限りを尽くしたドレスを身に着けた令嬢たちが、右に左に品のいい笑い声をさざめかせながら動き回る。

それはまるで、絵本で見た花畑の光景のようだった。

色とりどりの花の上を飛び交う美しい蝶《ちょう》たちと、目の前にいる令嬢たちの姿が重なる。

(私がこの中のひとりに選ばれているなんて)

リティは推薦してくれたロベールと、妃候補にふさわしいドレスを贈ってくれたふたりの兄に心から感謝した。

星々がきらめく美しい夜空をそのまま切り取って布に仕立てたかのような濃紺のドレスは、今の流行を押さえた露出の少ない意匠《デザイン》である。

袖には黄玉《トパーズ》が縫いつけられており、リティが手を動かすたびにちりちりと音を立てて揺れた。

普段のリティならば絶対にしない格好である。なぜならいつも、動きやすく地味なワンピースを着ているからだ。

(父さんも、ありがとう)

リティは自分の胸もとを飾る少し型の古いペンダントに手を当てた。

トップにはリティの瞳と同じ色をしたしずく型の翠柘榴石《すいざくろいし》がついており、存在感を主張している。

父が持っていけと目もとを赤くしながら渡したものだった。

(母さんの一番のお気に入りのペンダント。……父さんの瞳と同じ色ね)

いつもならば場違いだと気後れしそうな場所でもそうならずにいられるのは、リティが家族の愛情に包まれているからだ。

「リティ、楽しんでる？　私は楽しいよ！」

ふらっと横を通り過ぎたニナの手にはグラスがあった。

「それ、お酒？」

「そうだよ。あんまり甘くないから、大人の味だね」

べ、とニナが舌を出してあまり口に合わなかったことを態度で示す。

教養がどうのと言っていたデルフィーヌが見たら、また顔をしかめそうだった。

「リティのもそうじゃないの？　入口でもらったでしょ？」

「まだ飲んでいなかったのよ」

「じゃ、乾杯しよ！」

リティが答える前に、ニナがグラスの縁を軽く合わせる。

（十七歳になっておいてよかったわ）

ノルディアで成人として認められるのは十七歳からだ。

父のマルセルもふたりの兄もそれなりに酒を嗜《たしな》むが、リティはまだ一度も口にしたことがなかった。

初めての経験に胸を高鳴らせながらグラスに口をつけると、舌がぴりりと痺《しび》れる感覚とともに薫り高い炭酸が流れ込む。

ほのかにベリーの香りがするが、ニナが言った通り甘くはない。

しかし、喉を通る心地よい冷たさは筆舌に尽くしがたかった。

「おいしい……」

「あれ、結構イケる口？　お代わりもらってこようか？」

「ううん、飲みすぎちゃいそうだから大丈夫」

「そっか！　また飲みたくなったら取ってきてあげる」

そのくらい自分でできるのに、と言いかけたリティだったが、すでにニナはまたどこかへぶらつきに行ってしまった。

（さすが妖精族《イリゼ》……）

種族通り好奇心旺盛なら、ニナにとって今は最高に楽しい時間だろう。

身動きの取り方がわからないリティは、必然的に広間の壁に寄り、集まった候補者たちを観察し始めた。

（ニナみたいに動き回っている人はいないようね）

上品な笑い声をこぼす令嬢たちは、あまりその場を動かず、数人で固まって会話をしている。

そっと口もとを隠して微笑む仕草や、空のグラスを使用人に渡す洗練された手つきを見て、改めてリティは彼女たちが妃候補に選ばれるだけの素養を持った女性なのだと感心した。

ニナに負けない好奇心を胸にしばらく観察していると、やがて広間の前方がざわついた。

（なにかあったのかな？）

気になったのはリティだけではないようで、令嬢たちが一斉に前方へと移動する。

一か所にぎゅっと人が集まったものだから、それはもう大騒ぎになった。

後方にいたリティも、遅れて前へ向かおうとした令嬢たちに巻き込まれ、どんどん押し出されて身動きが取れなくなる。

「ランベール殿下よ」

もみくちゃにされるリティの耳に声が聞こえた。

「見て、あの瞳。本当に美しいわ」

「あの方の妃になれるかもしれないなんて夢みたい……」

どうやら未来の夫になるかもしれない相手が現れたらしい。

興味を引かれたリティは、軽く背伸びをして、ひしめく令嬢の隙間からその姿を探した。

（もしかして、あの人がそうなの？）

目鼻立ちの整った黒髪の青年が目に入る。

（たしかに素敵な人だけど……）

炎が宿っているのかと思われるような色は、鮮烈な夕陽の色。炎の妖精の加護を持つ王族特有の火蛋白石《ファイアオパール》の瞳は、ノルディアの至宝とも呼ばれている。

しかしリティはほかの令嬢たちと違い、彼の服装に気を取られていた。

見るからに最高級の仕立てだとわかる正装は黒一色だが、純金製のボタンや、袖や襟を飾る金糸の紋様がささやかながらも存在を主張しているおかげか、陰鬱な印象を与えない。

そしてなにより、肩に黒いもふもふが飾られているのだ。

（とっても気持ちよさそう。触ってみたい……）

戦鳥のヒューイの触り心地を思い出してうずうずしていると、不意にランベールがリティのほうを向いた。

赤と呼ぶには複雑すぎる色合いの瞳が、間違いなくリティを捉える。

（じろじろ見すぎた？）

驚いたリティは咄嗟《とっさ》に目を逸らしてしまった。

気まずくなってうつむいていると、先ほどの上品な振る舞いはどこへやら、我先にとランベールに近づこうとする令嬢たちに強く押され、そのまま後ろへと流される。ランベールの姿が完全に見えなくなったところで、意思の強そうなよく通る声が響き渡った。

「此度《こたび》は私の妃候補として名乗りを上げてくれたこと、心よりうれしく思う。叶うのならあなたたちを皆、妻と呼びたいくらいだ」

その声がランベールのものだとすぐにわかったリティは、自分でも気づかないうちに笑みを浮かべていた。

（なんだか安心する声だわ）

リティが思った通り、ランベールの声は不思議な安心感を与えるものだった。

「いずれ王となる者としてふさわしい資質を、声だけでも感じられるような。

「しかし、残念ながら私の妻はひとりしか選べない。願わくば、ノルディアにとって最も素晴らしい妃を迎えたいところだが……」

そこで言葉が途切れると、リティの周りにいた候補者たちがざわりと戸惑いを示した。

「お会いできて光栄です。ランベール殿下」

緊張しきった震え声が聞こえたことで、候補者のひとりがランベールに話しかけたのだと知る。

「わたくしはポートリン家の――」

これだけ人が多くてもその小さな声が届いたのは、誰もが彼女の自己紹介に耳を傾けようと口を閉ざしていたからだろう。

落とした針の音さえ聞こえそうな静寂の中、最初の候補者は次第に普段の自分を取り戻したようで、自分を妻とする利点や他者にはない特徴、そして妃になってからの目標を意気揚々と話し始めた。

「わたくしは妖精より、大地の能力を与えられました。荒れた土地を豊饒《ほうじょう》の地へ変え、あらゆる植物を育てることができます」

(私と同じ〝植物〟に関係する力なのに、そんなに違うものなのね。もし私がその能力だったら、もう少し父さんや兄さんたちの力になれたのに……)

「それは頼もしい祝福だな。ありがとう」

ランベールが返すと、どうやら自己紹介が終わったらしいと判断した候補者たちが一斉に口を開く。

「殿下、わたくしは水の能力を持っております」

「私はミャーツ家の……」

候補者はリティを含めて百人いると聞いている。

それだけの数が一気に話し始めたものだから、広間はそれはもう大騒ぎになった。

（ど、どうしよう……！　私もやったほうがいいの……!?）

そうこうしているうちにニナやエリーズの声も聞こえ、ますますリティは焦ってしまう。

どこまでランベールの耳に届いているかはともかく、リティも黙ったままではいられないと自己紹介しようとしたときだった。

妖精のいたずらか、ほんの一瞬だけ騒ぐ声が途切れる。

その隙を見計らったかのように、張りのある堂々とした声がした。

「わたくしはデルフィーヌ・マルグリット・ルビエでございます」

（デルフィーヌ……）

その名を聞いた候補者たちがぴたりとさざめくのをやめる。

リティはニナやエリーズが別格だと言っていた彼女の圧倒的な存在感と注目度を、改めて思い知った気がした。

「今宵《こよい》は殿下に拝謁でき、光栄です」

彼女《し》はこれまでの誰よりも完璧に自分の魅力を語った。

リティでさえ『デルフィーヌが妃に選ばれたほうがいいんじゃないかな？』と思ったほどだ。

候補者たちが聞き惚《ほ》れて黙っているのをいいことに、デルフィーヌは緩急をつけながら自己紹介し、やがて女性のリティもどきりとするほど蠱惑的《こわくてき》な笑い声をこぼした。

「わたくしが妖精より与えられた祝福は光です。その力をご覧に入れましょう」

次の瞬間、城の大広間にいたはずのリティは緑が萌《も》える森の中にいた。

（えっ、どういうこと？　ここはどこなの？　なにが起きて……？）

自分以外の候補者たちはもちろん、ランベールの姿さえ見えない。

しかし、なぜか皆の戸惑い驚く声が聞こえてくる。

「お望みとあらば、ありとあらゆる素晴らしい景色を殿下にお見せできますわ」

ぱちんと指を鳴らす音がし、むせ返るような緑の景色が消え去った。

残ったのはもとの通りの大広間だ。困惑した令嬢たちの姿だけが、美しい景色を見る前と異なっている。

「なるほど、光を操ることで見えるものを別の景色と錯覚させるのか」

ランベールの感心した言葉から、リティも自分の身になにが起きたのかを悟る。

(見えるものをすべて変えてしまうなんて、そんな能力があるの？)

扱い方次第ではどんなことでも可能とする強力な能力を目の当たりにし、リティは自分の持つ力の弱さを悲しく思った。

「ありがとう。ほかに話したい者は……」

ランベールのよく通る声に思わず顔を上げたリティは、すぐに後悔する。

炎の瞳と、目が合ってしまった。

「あなたは？」

その言葉は明らかにリティに向けられている。

「そこにいては話しづらいだろう。前に出てくるといい」

ランベールが初めて直々に指名した相手だからか、令嬢たちはさっとリティの前を開けて彼の邪魔にならないようにした。

円をつくるように囲んだ令嬢たちの真ん中に、リティとランベールが残る。

(デルフィーヌの後に私!?)

自己紹介しづらい位置にいたからこその気遣いだとわかっていても、申し訳ないことに今はあまりありがたいと思えなかった。

にもいかない。彼女の後では、なにを言っても響かない気がしてならなかったが、黙っているわけ

リティは母の形見でもあるペンダントに手を添え、瞳の色と同じ石を握りしめた。

「私はリティシア・クロエ・ティルアークです」

令嬢たちがなにやらこそこそと話しているのが聞こえたが、今のリティの耳には入らない。

（ほかに私が言えることってある？）

ランベールの揺らめく炎の瞳は、リティをまっすぐ捉えて離さない。

緊張で喉がからからになるのを感じながら、リティはさらに続けた。

「父、マルセルの名は中央でも轟《とどろ》いていると聞きました。娘として恥ずかしくない自分でありたいと思っています」

「ティルアーク……ああ、あのマルセル殿の。では、雷帝トリスタンと氷の妖精の申し子とうたわれるジョエル殿はあなたの兄か」

「はい。自慢の兄たちです」

（トリスタン兄さんがそんな呼ばれ方をされているなんて知らなかったけど）

自分の話ではないのに、リティは誇らしくなった。

「となると、あなたの祝福もご家族に負けない見事なものなのだろうな。教えてくれるか？」

当然の流れとはいえ、話を振られてしまう。

一瞬口ごもったリティは、もうランベールと目を合わせられなかった。

「……花を、咲かせることができます」

「なに？」

リティは聞き返されてゆっくり深呼吸する。

（なんのためにここに来たのか思い出して。クアトリーを生きやすい場所に変えるためでしょ？）

たった一拍の呼吸がリティの頭を冷静にさせ、勇気を与えてくれた。

「私が与えられた祝福は、花を咲かせる能力です」

今度は顔を上げ、はっきりと告げる。

しばらくその場は水を打ったように静まり返っていたが、ややあってから忍び笑いが漏れた。

ランベールではない。ここに集まった候補者たちのものだ。

「今、なんて？」

「花を咲かせる能力？　その辺の子供にもできるじゃない」

「その程度の能力でよく妃候補になれたわね」

自分が笑われている状況をすぐに理解するも、リティは泣きも笑いもしなかった。

（能力の強さだけで選ぶのなら、こんな大規模な妃選びをする必要はないはずよ）

笑い者になって悔しい気持ちはあったが、これまでのリティは自分の役に立たない能力をもどかしく思いこそすれ、恥だと思ったことはない。

リティと同様にランベールも笑っていなかった。

「温かな祝福だな」

正確に言えば、笑みは浮かべている。だがそれはリティを嘲る意味合いのものではない。

（この人は……ううん、この方はとても公平で優しいんだわ）

ランベールの真摯な瞳とちゃんと向き合ったリティは、この瞬間、初めて彼がいずれ夫になるかもしれない相手なのだと認識した。

同時に、人として好感を持つ。

なぜロベールが『きっと好きになる』と言ったのかわかる気がした。

「私の炎の力もある意味では温かいが、あなたのように花は咲かせられない。この氷の地において、花を咲かせることがどれほど難しいか。あなたのような優しい力を持つ女性を候補者に迎えられて、心からうれしく思う」

ランベールの言葉に嘘はないように聞こえた。

それがまた、リティの胸にやわらかな火を灯す。

「ありがとうございます」

もうリティを笑う人はいなかった。

ランベールが彼女の力を認めた以上、それを笑えばランベール自身を嘲笑《あざわら》うことになる。

(本当に、ありがとうございます)

リティはランベールが意図してこの状況をつくり出したのだろうと思った。

彼が次の候補者に声をかける前に、ほんの一瞬だけリティを気遣う表情を見せてくれたからだ。

(私、妃になりたい。クアトリーのみんなのためだけじゃなくて、あの人が幸せになる手伝いをしたいわ)

最初はランベール本人よりも、正装の装飾が気になっていたリティだったが、今は純粋にランベールに興味を抱いていた。

百人のうち、妻になれるのはたったひとりだけ。

リティの目的は、妃になって辺境の土地をより住みやすい場所にすることだ。

ランベールならばリティのそんな願いを聞いてくれるような気がした。


長い自己紹介が終わると、あとは自由時間だった。

王都へ続く橋は夜になると門が閉じて行き来できなくなるため、行動範囲は城を中心とした敷地内だけになる。

広大な敷地の多くを占める庭園には、至るところで衛兵が目を光らせ、不審な人間を見逃すまいとしていた。

正式に推薦を受けた候補者だというのに、リティは気まずさを感じてこそこそと早歩きで移動してしまう。

そのせいか、いつしか西の邸宅へ戻る道を逸れて庭園の中に迷い込んでいた。

「さっきのところは右じゃなくて左だった……？」

再び戻ろうにも、夜は明かりが少ないせいで視界が悪く、ますます迷うばかり。

「ここももっと明るかったらよかったのに……」

炎の妖精の加護を受けているのは王族だけではない。

城自体にも妖精の祝福が作用しているようで、触れても熱くない光源としての炎がちらほら灯っている。

妖精の祝福とはいえ限界はあるのだろう。城の中はともかく、その庭園までは恩恵を受けられなかったようだ。

「あら、こんなところにネズミがいる」

背後から声が聞こえ、リティはほっとしながらそちらを振り返った。

「よかった、迷子になってしまったの。西の邸宅に戻りたいのだけど、道を教えてくれない？」

なにを言われたかは完全に頭から抜け、安堵《あんど》から道を尋ねる。

しかしそこにいた三人の令嬢は、顔を見合わせてからくすくす笑っただけだった。

その笑い方にあまり好意的なものを感じず、リティは微《かす》かに眉根を寄せる。

「もしかしてあなたたちも迷子なの？」

「そんなわけがないでしょ。怪しい田舎者がなにをするつもりなのか見に来たのよ」

リティはしっかり三秒考えた。

そして、はっとする。

「私の話？」

「ほかに誰がいるのよ、花を咲かせるだけしか能がない役立たずさん」

どうやら彼女たちは明確な敵意を持っているようだと判断し、リティは足を一歩引いた。

敵の姿を見かけたら、まずは距離を取る。

彼女にそう教えたのは父とふたりの兄だ。

「私はただ、迷っただけよ」

「本当に？　こっそり殿下の部屋にでも忍び込むつもりだったんじゃないの？」

ここまであからさまに敵意を向けられるのは初めてだったが、リティは怯まなかった。

「そんなことをしてどうするのよ。私をあなたのお妃に選んでくださいって直談判でもするの？」

本気で意味がわからず言ったリティを、三人は小馬鹿にして笑う。

「なにそれ、天然なふり？」

「なんの話？」

令嬢たちが匂わせる行為について、リティは本気で知らなかった。

恋愛とはほど遠い生活を送ってきたうえ、彼女の周りにいる家族は男だけだ。

一般的な令嬢たちが学ぶ『夜のお勉強』をまったく耳に入れずに育ったのである。

ゆえに彼女は、赤ちゃんは妖精の贈り物だというおとぎ話を本気にしていた。

「田舎から来たネズミには難しかったみたいね」

「妃候補にはどうやって選ばれたの？　お金はないでしょうし、身体でも使った？」

身体を使うという言葉もリティにはぴんとこなかったが、ひどい侮辱を受けているのは理解した。

「あなたたちこそ、よく選ばれたわね。人をネズミなんて言うお妃様が尊敬される国なんてないと思うけど」

「なんですって？」

自分たちは散々暴言を吐いたくせに、言われるのは我慢ならなかったらしい。

令嬢のひとりが眉を吊り上げ、怒りをあらわにする。

「汚い手を使って候補になったくせに、生意気よ！」

つかつかと歩み寄った令嬢のひとりが、リティに向かって手を振り上げた。

（危な――）

生まれて初めて暴力を振るわれそうになり、反応が遅れてしまう。

リティの頭の中でちりっと小さな音がし、近づく手のひらの動きが緩やかになった。

「どういうつもり⁉」

はっと我に返ったリティがすかさず身を引くと、叩《たた》こうとした令嬢が勢い余ってその場に転んだ。

美しいドレスが土で汚れ、装飾品が引っかかった箇所が嫌な音を立てて破れる。

「ひどいわ！　なんでよけるのよ！」

「誰だって今のはよけるに決まってるじゃない！」

へたり込んだ令嬢に睨まれても、リティは放っておけずに手を差し伸べようとする。

その瞬間、不意に息をのむ気配がした。

それとほぼ同時に、背後から何者かがリティの手首を掴んで止める。

「夜も遅いというのに、威勢のいいことだな」

リティが振り返ると、そこにいたのはランベールだった。

燃えるような赤い瞳と目が合った瞬間、リティの背筋がさあっと冷える。

「候補者同士の交流は禁じられていないが、どうも穏やかな状況ではなさそうだ」

ドレスの裾が破れた土まみれの令嬢と、そこに手を伸ばすリティの姿は、見方によっては追い打ちをかけようとしているふうに見えないこともない。

慌てて説明しようとしたリティだったが、その前に令嬢の取り巻きが騒ぎ立てる。

「彼女が突然、突き飛ばしてきたんです！」

「道を教えてあげようとしただけなのに……！」

白々しい嘘を聞いたリティの目の前が、怒りで真っ赤に染まる。

「違います！　私は……」

「殿下、そんな田舎者は殿下の候補者としてふさわしくありません！」

土にまみれた令嬢が取り巻きの手を借りて立ち上がり、リティに向かって指を突きつける。

「聞くところによると、人を食らう蛮族の娘だというではありませんか！　もしもそんな獣にも劣る血が神聖な炎の血に取り込まれたら、この国は終わりです！」

その言葉を聞いたリティがぴくりと反応する。

「蛮族？　人を食らう？　誰のことを言っているの？」

冷静になろうとするが、どうしても声に感情が乗ってしまう。

愛する家族を馬鹿にされて平然としていられるほど、リティは大人ではなかった。

「まさか私の家族のことを言っているんじゃないでしょうね。もしそうなら――」

言いかけたリティの前に、ランベールの腕がすっと伸びる。

制止されてもリティの頭の中はかっかと燃えたままだった。

「殿下！」

　自分には怒る権利があるはずだと訴えようとしたリティだったが、ランベールは彼女を見ようとせず口を開いた。

「そう騒がずとも、候補者にふさわしくない行いならこの目で見たばかりだ」

　ランベールはまだリティに指を突きつけていた令嬢の手をそっと下ろすと、彼女たちからリティを庇《かば》うように立った。

「あなたたちには明日《みょうにち》、城を去ってもらおう」

（……え）

　怒りに燃えていたリティの頭が一気に冷える。

「多種多様な種族が生きるノルディアにおいて、あなたたちのような醜い偏見を持った者を妃に据えることはできない。彼女の父が海からの侵略者を食い止めてくれていなければ、とっくに他国の手に落ちていたかもしれないというのに、辺境出身というだけで蛮族だと蔑むのか？」

　震え上がった令嬢たちが、暗がりでもはっきりわかるほど青ざめていた。

「ご、誤解です、殿下」

「ひと言の重さもわからないような者を妻にするほど、私が愚かだと思うか」

（怒って、いる）

リティは信じられない気持ちでランベールを見つめた。

「星明かりの下に追放するほど私も鬼畜ではない。今夜のうちに荷物をまとめ、ほかの候補者たちが目覚める前に城を出ていけ」

令嬢たちは誰ひとり動こうとしなかった。

なんとかしてランベールの許しを請おうと必死に考えているのが見てわかる。

「さて」

言うだけ言ったランベールがリティを振り返った。

「あなたとも話したほうがよさそうだ」

「……はい」

（推薦されてきたのにこんな騒ぎを起こすなんて、って思ったに違いないわ……）

令嬢たちの反応をうかがう余裕もなく、リティはランベールの後に続いた。

庭園の奥には開けた空間があった。

少し高台になったそこには、大理石で造られた四阿《あずまや》があり、雨に当たらずとも植物の塀で迷路になっている庭園を眺めることができるようだ。

大理石の長椅子とテーブルが置かれていることから、ちょっとした軽食やお茶の時間を楽しめそうでもある。

「座るといい」

ランベールに促され、リティはおとなしく長椅子に腰を下ろした。

ひやりと冷たい感触に身体がこわばるも、今はそれを気にしている余裕がない。

「騒ぎを起こして申し訳ありませんでした」

「少しは落ち着いたか？」

「……はい」

リティは隣に座ったランベールに頭を下げる。

「殿下には恥ずかしいところを見せてしまいました」

「あなたは巻き込まれただけだ。しかも一方的に殴られそうになっていた。だからとがめるつもりも、候補者から外すつもりもない」

「……え？」

「あの勢いの平手打ちをよけるのは、さすがマルセル殿のご息女といったところか。怪我がなくてなによりだが……いい動きだった」

許しを得ていないのに顔を上げたリティは、楽しそうに笑っているランベールを見て目を丸くした。

「先ほどの件は明らかに彼女たちに非がある。声をかけたのも、暴力を振るったのも向こうが先だ。そうだろう？」

確信めいた物言いから、彼が実際にその現場を目にしていたと想像するのは難しくない。

「私たちの話を聞いていらっしゃったんですね」

「言っておくが、あなたたちのほうが後から私のもとに現れたんだ。あんなやり取りを聞かされなければ、気づかないふりをして立ち去るつもりだった」

迷子になって不安がっていたリティには、どこにランベールがいたのかまったくわからなかった。

「女性はああいったときに泣くものかと思っていたが、あなたは怒るんだな」

制止されたときのことを言っているのだと気づき、リティは微かに眉根を寄せる。

「家族を馬鹿にしたからです」

意外だったのか、ランベールが苦笑いする。

「自分のことでもないのに」

「私への侮辱ではないからこそ、です」

どうやらまだこの城にいられるようだとわかったことで、リティの心に余裕が生まれた。

とはいえ先ほどの興奮が残っていないわけでもなく、相手が誰なのかを忘れて話し始める。

「私の能力はとても弱いものです。でも、父や兄はそんな私を役立たずと言わず、愛してくれました。だから私もみんなの役に立ちたくて、妃候補の推薦をお願いしたんです」

「……未来の王妃になるためでも、私の妻になるためでもなく、家族のために？」

「家族と、クアトリーの……領地のみんなのためです。王妃になれば、辺境の地に支援をいただけるかと……聞いていただけますか？」

自分の言葉を伝えたい人は、ちょうど目の前にいる。

ランベールが虚を突かれた表情でぎこちなくうなずくのを見て、リティは頬を紅潮させながら背筋を伸ばした。

「クアトリーは極寒の地です。物資も届きづらく、交易商人も年に数えるほどしか訪ねてきません。作物は育てにくいし、いつ侵略者がやってくるかわからないので、ゆっくり海で漁をすることもできません。もっとも、魚はあまり取れないんですけど……。そんな場所なので、いつもぎりぎりの生活なんです。私が中央に来て一番驚いたことがなにかわかりますか？　食事に生の野菜があったことです。それに果物も！」

前のめりになりながら、リティは興奮気味に語る。

「こんな状態にある地はうちだけじゃないと思うんです。だから中央の皆さんにはこの国の辺境にも目を向けていただきたくて。もし私が妃になったら、まずこの問題を解決したいです」

「この状況で辺境の窮状を訴えられるとは思わなかったな」

ランベールにしみじみと言われ、熱くなっていたリティの頭が急速に冷えた。

「申し訳ございません。差し出がましいことを……」

「能力をとても弱いものだと言ったり、妃になったら自領地の改善をしたいと言ったり、あなたは妃候補として不利になる話ばかりするんだな」

勢いのまま話していたリティが縮こまり、しゅんと肩を落とす。

「ひとつ聞いておきたいんだが、未来の王妃になってほかにしたいことはないのか？」

「ほか？　侵略者に備えて軍を整えるとか……？」

「……ご家族があなたの前でどんな話をしていたか、よくわかるひと言だな」

ランベールは少し笑ってから、長い足を組んだ。

「もっといろいろあるだろう。この国の王妃になれば、すべてあなたの思い通りになる。流行の最先端のドレスも手に入るし、希少な宝石が発掘されればまずあなたの装飾品として加工される。どんな美酒美食も好きなだけ口にできるし、家族を王都に呼び寄せて高官の地位を与えることもできる」

「家族は王都に来たがらないと思います。父も兄たちもクアトリーを愛していますし、あの地を守ることに誇りを持っていますから」

実際のところ、リティが呼べばふたつ返事で飛んでくるだろうが、永住するとなるとまた話は別だ。

「ドレスも宝石もあまり必要ありません。今まで持っていなかったので、どういうものが流行の品なのかもわからないんです」

「だが、今夜のあなたはとてもきれいだ」

なんの前触れもなく褒められたリティは、目をぱちくりさせた。

それからなにを言われたのかを理解し、花が咲くように顔をほころばせる。

「兄たちが妃選びのために仕立ててくれたドレスなんです。このペンダントも母の形見で、父の瞳と同じ色なんですよ」

「あなたの瞳とも同じだな。春の森を思わせる美しい緑だ」

初めて目の色を褒められたリティは、ますますうれしくなった。

「この色を持って生まれてきたのが私の誇りです。だって父も兄もこの色ですから」

そう言ってからリティは、ランベールの顔を覗き込んだ。

突然距離を詰められたランベールが、ぎょっとした様子で硬直する。

「殿下の瞳もとてもきれいです。炎の色ですね」

「あ、ああ。ありがとう」

じっと見つめられるのが耐えられなかったようで、ランベールはリティから目を逸らした。

「その、なんだ。あなたは今まで出会ったことのない性質《タイプ》の女性だな」

「私も殿下のような方にお会いするのは初めてです。広間でも助け舟を出してくださいましたし、さっきも公平に判断してくださいました。だから私、殿下の妃になるためにもっと頑張りたいと思ったんです」

それを聞いたランベールが開きかけた口を閉ざす。

「そう言ってくれるのはうれしいが、あなたのそもそもの目的は国による辺境の扱いを改善することでは？　辺境の現状を知った以上、私もこれからは手を尽くすつもりだ。ここであなたに改善を約束すれば、妃になる理由がなくなるんじゃないのか？」

「たしかにそうですね……？」

同意してから、改めてリティは衝撃を受ける。

「妃になってから自分でやる仕事かと思っていましたが、きっと殿下なら辺境に目を向けてくださいますよね。だったら、無理に妃にならなくても……？」

リティはしばらく悩んでから、膝の上にのせた自分の手を見つめた。

「でも私、殿下のお手伝いをしたいです」

「……なぜ？」

「ええと……すみません、いい言い方が思いつかなくて。とてもいい人だと……尊敬できる方だと思ったからです」

リティが力になりたいと思うのも当然だろう。

ランベールは能力をあざ笑われたリティのために温かな言葉をかけ、令嬢たちの嘘を見抜き厳しく罰してくれたのだ。

顔を上げたリティは、自分の気持ちを伝えようと頭の中でつくった言葉を口にする。

「この国に関係ないことでも、殿下が幸せになる手伝いをしたいです」

ランベールはリティを見つめたまま、なにも言わなかった。

遠くで虫の鳴き声が響く中、ゆっくりとその顔に苦いものが浮かぶ。

「俺のためになど、なにもしなくていい」

こぼれた言葉はランベールの本音だったようで、一人称が気さくなものに変わっている。

「多種族が平等に、幸せに生きていける国のために尽力してくれ。……私が妻に望むのはそれだけだ」

「じゃあ、今回の候補者にもそれを望んでいるんですね」

「ああ。俺ひとりでは足りない部分を埋めてくれる人がいい」

「殿下は完璧だと思いますよ」

リティがお世辞抜きに言う。

「だってお優しいですし、気遣いもできますよね。それに候補者のみんながお顔立ちを褒めていました。私も殿下はかっこいいと思います」

こらえきれなくなったのか、ランベールがくくと喉を鳴らして笑いだす。

「おもしろい人だな。辺境に目が届いていないと苦情を言ったばかりだろう。それで完璧だというのか？」

「なんでもできる人が完璧なんじゃなく、自分の弱みを理解している人間が完璧なんです。父が言っていました」

「弱みがあるのに完璧なのか。マルセル殿は難しいことを言う」

「人は弱いから強くなれるんだそうです」

「それをわかっているからこそ、幾度となく他国の侵略者を退けられているのか」

マルセルがいるから、敵はノルディアの土地を踏むことなく逃げ帰るしかなくなる。

リティはまた、父の偉大さを実感して誇らしくなった。

「未来の王妃の条件にそれも加えておこう。自分の弱みを理解している者、だ」

ランベールの言葉はあながち冗談でもなさそうだった。

リティは改めてしげしげとランベールを見つめる。

（やっぱり殿下はとても公平な人なのだわ。私の話を真摯に聞いてくださるし、強い人だけを見るんじゃなくて、強くあろうと思う人も見てくれる。この方が未来の国王になるなら、ノルディアも安泰ね）

父や兄に向けるものと同じ尊敬の気持ちを、ランベールにも抱く。

「やっぱり私、国民だけじゃなくて殿下にも幸せになってほしいです」

思ったままを口にすると、ランベールが微かに目を見張った。

しかしすぐ、なんとも言いがたい笑みを口もとに浮かべる。

「それなら最後まで候補に残ってくれ。……俺のために」

その言葉には、彼が日頃隠している感情が見え隠れしていた。

ランベールはリティがそれについて触れる前に、席を立って服の裾を整える。

「軽く話すだけのつもりが、ずいぶんと長引いてしまった。あなたももう寝る時間だろう。私もそろそろ休ませてもらう」

「殿下とお話できてよかったです。今日はありがとうございました」

「ああ、おやすみ」

「おやすみなさい」

リティは会釈してからもと来た道を戻ろうとした。

しかしはっとしてランベールを振り返る。

「ごめんなさい、殿下。西の邸宅への道を教えてもらえますか……」

◇◇◇

リティシアに西の邸宅へ続く道を教えた後、ランベールは足音が聞こえなくなってから、暗がりに向かって声をかけた。

「迎えに来たのならそう言えばいいだろう。盗み聞きか？」

植物で作られた見事な塀の陰から、ひとりの男が姿を見せる。

リティシアとランベールが話している間、息をひそめていたのは明らかだった。

「あの子、推薦で入ってきた子ですよね？　気に入ったんですか？」

「くだらない質問をするな、ジョスラン」

ランベールが顔をしかめて言った。

肩をすくめた騎士の名はジョスラン・アンブローズ・ウェルボーン。

デルフィーヌの生家であるルビエ家と近しい間柄にあるランベールの乳兄弟で、城内での帯剣を許される護衛騎士でもある。

「俺に選択肢はない。お前が一番知っているはずだ」

「まあ、そうですね」

ジョスランは淡紅色の短い髪をかいて、皮肉げに口角を引き上げる。

「そのわりには楽しそうに話してたようなので、一応聞いておいたほうがいいかなと」

「この妃選びが茶番だろうと、候補者と過ごす時間まで空虚にしたくはない」

「それも本心なんでしょうけどね。……しっかりしてくださいよ」

「わかっている」

ランベールは苛立《いらだ》たしげに返したが、その不満の先はジョスランに向けられたものではなかった。

「……彼女の瞳を見たとき、時間が止まったような気がしたんだ」

多くの候補者たちに囲まれたきらびやかな大広間で、なぜかランベールの目はリティシアに惹きつけられた。

「最初は、この国で貴重な春の緑を見たからだと思っていた」

氷に包まれたノルディアは冬が長く春が短い。匂い立つような美しい新緑に包まれるほど植物に力はなく、リティシアの瞳ほど鮮やかな色が見られる年は滅多にない。

「だが、話してみてわかった。……彼女のそばは居心地がいい」

ランベールはつい先ほどまでリティシアが座っていた場所に目を向ける。

家族のために怒り、故郷のために不満を訴え、そしてランベールの幸せを願ったリティシアは、実に感情豊かで眩《まばゆ》かった。

王子として多くを押し殺してきたランベールが捨て、忘れてきたものを、彼女がすべて持っている気がしてならない。

ランベールから見て、リティシアは恐ろしいくらい純粋で無垢《むく》だった。

「お前は俺の幸せを願ったことがあるか？」

なにげなく聞いたランベールに向かって、ジョスランが嫌な顔をした。

「どう答えろって言うんですか？」

「聞いてみたかっただけだ」

返答を期待していなかったランベールが笑って言う。

「会ったばかりの相手に言われると、さすがにぐらつくな」

言った相手がリティシアでなければ、裏があるのだろうと疑っていたに違いない。

妃選びは政治的な一面もある場で、令嬢たちの考え方や言葉には、それぞれが背負う家門の思惑が入り乱れる。

現にランベールはすでに何人かの令嬢と話しているが、どの令嬢たちも欲求を隠しきれていなかった。

「リティシア嬢、でしたっけ？　辺境育ちで物を知らないところが珍しいから、興味を持ってしまうだけでは？」

「……そうだな。きっと……そのせいだろう」

ジョスランがなにも言わずに唇を引き結ぶ。

「俺の相手は最初からひとりだけだ。ほかの候補者は選べない」

無意識にランベールはこぶしを握りしめていた。

「だが、勝手に決められた未来に抗いたいと思うのは、間違っているか？」

問いかけられたジョスランの顔に表情はない。

「間違ってますよ。殿下ひとりの未来じゃありませんから」

「しかし――」

「お気に入りが見つかる分にはかまいません。でもね、殿下。リティシア嬢を選ぶことで、不幸になる相手がいるって事実からは目を背けないでください」

「嫌な言い方をするな。不幸になると決まったわけでは――」

「なりますよ。俺は、知ってるんです」

ジョスランの確信を持った声は、感情を無理に押し殺しているせいかひどくこわばっている。

ランベールは乳兄弟の抱える思いを知りながら、それでもリティシアに対して抱いた好意を捨てられなかった。

翌朝、四人部屋で最も遅く目を覚ましたのはリティだった。

デルフィーヌとエリーズはとっくに支度を済ませており、ニナは私服用のワンピースを着ようと悪戦苦闘している。

「背中のボタン、留めようか？」

「ありがとー、助かる」

リティは寝間着のままニナの首後ろにあるボタンを留める。

「デルフィーヌもエリーズもすごいよね。メイドもいないのに、自分で服を着られるなんて！」

ベッドに座っているニナが足をぶらつかせながら、興奮したように言った。

「有事の際に人を使わなければ身支度もままならない妃は、足手まといになってしまいます。自分のことは自分でできなければいけませんよ」

エリーズがやんわりと説明すると、ニナは素直に感心を示した。

リティはボタンを留め終えてから、くすりと笑う。

「そういうことなら私は大丈夫そう。もし上手にボタンを留める方法が知りたかったら、いつでも聞いてね。ほかのことでも手を貸せると思うわ」

「持つべきものは頼れる友達だねー」

そんなやり取りを聞いていたデルフィーヌが、髪にかぐわしい香油を塗りながら鼻を鳴らす。

「呑気なものね。友達づくりのために集まったわけではないのよ」

「だからって全員と敵対する必要はないじゃない」

朝から突っかかられてむっとしたリティが反論すると、デルフィーヌはぱちんと自分の髪をバレッタで留めて笑った。

「敵よ。選ばれるのはたったひとりなんだから」

椅子から立ち上がったデルフィーヌは、それ以上の会話は無駄だと言わんばかりの態度で部屋を出ていく。

「敵なんて思いたくない私がおかしいの?」

もやもやした気持ちが晴れずに言うと、ニナがこめかみをかいて言う。

「私もそういうギスギスしたのは嫌だな。うちの一族ってそういう負の感情に反応しちゃうから、具合が悪くなるんだよね」

「それよりふたりとも、急がなくていいんですか？　朝食の時間に遅れたら、なにを言われるかわからないですよ」

エリーズに言われ、リティは慌ただしく手櫛《てぐし》で自分の髪をとかした。

それに気づいたニナが櫛を差し出し、リティに向かってにっと笑う。

「ありがとう、ニナ。エリーズも待っていてくれてありがとう」

「別に待っていたわけじゃ……」

「いいじゃん、三人で行こ！」

まだ座っていたエリーズの手をニナが引っ張る。

リティも借りた櫛を返してから、朝食のために部屋を出た。

食堂に向かったリティは、そこで衝撃の事実を知った。

「候補者が半分以上減らされたみたいだよ」

用意された食事を堪能《たんのう》していると、さっさと食べ終えてふらふらしていたニナが戻ってきて言う。

「えっ、昨日の今日で？」

「あのパーティーも試験の一種だったみたい？」

リティの向かいの席に座っていたエリーズが、それを聞いて目を丸くする。

「どういう基準で選ばれたんでしょう」

エリーズが周囲を見回し、不思議そうに首をかしげる。

リティも試験については案内人から聞いていた。

もっとも『何度かの試験による選考が行われる』というだけで、具体的にいつなにをどのようにするかは伏せられていたのだが。

「かなり強力な祝福を明かした方がいましたが、どうもいないようですね」

「能力の強さで選ばれたんだとしたら、私はとっくに返されていると思うわ」

リティがとろみのある乳白色のスープにパンを浸しながら言った。

「でも……そうね。殿下はかなり公平な方のようだし、顔合わせの段階でふさわしくない候補者を選別していたのかも。能力の有無や家柄は関係なく」

リティは昨夜、庭園で起きた出来事を思い出し、エリーズを真似て周囲を見回してみたが、あの三人の令嬢の姿は見当たらない。

「事前になにをするか教えられない試験があるってこと？」

エリーズの隣に座っていた薄紫の髪の令嬢が会話に交ざってくる。

リティはそれをとがめず、少し考えながらうなずいた。

「今だって選考中なのかもしれないわね」

会話に入ってきた令嬢が緊張した面持ちで背筋を伸ばす。

つられてリティも背筋を伸ばし、手に持ったふわふわの白いパンを見下ろした。

（ここへ来るまでにちゃんと食事の作法を勉強しておいてよかったわ。きっとそういうところも見られるだろうから……）

「なんか息苦しくなっちゃうな。部屋にいるときしか気を抜けないじゃん」

ニナが頭の後ろで手を組み、唇を尖《とが》らせて言った。

そしてリティとエリーズの食事が終わるのを待たずに食堂から逃げ出してしまう。

「そういえば、エリーズはこの後どうするの？」

リティに話しかけられたエリーズがフォークを置き、意味を問うように小首をかしげた。

「ここにいる間、予定がある時間以外は好きに過ごしていいって聞いたよ」

それはリティが城までの案内人に聞いた話だった。

候補者には選考試験があるが、それ以外の時間は自由行動をしてかまわない。

ただし、王都まで出たいのなら許可を得るために煩雑な手続きが必要になる。

そのため、候補者は敷地内にある多くの施設の利用が許されるのだ。

多くの書物が収められた図書室や、貴重な薬草が育てられている薬草園。吹雪の日だろうと花が咲いている温室もあれば、兵士たちが鍛える兵舎もある。

リティが興味を示したのは戦鳥の世話をする鳥舎だったが、それを聞いた案内人はあまりいい顔をしなかった。

「私は適当に過ごそうと思います」

「適当……って、つまり特に決まってない？」

「はい。次の指示があるまでおとなしくしていようかと」

「下手《へた》に動き回って目をつけられるよりは、そのほうがいいのかな」

リティが悩んでいる間に、エリーズが食事を終える。

それを見たリティは慌てて残っていたオムレツを口に運んだ。

部屋に戻ったリティは、ちょうど訪れていたらしいイーゼル卿と開いた扉の前で鉢合わせした。

「まだ残っていたとは」

顔を見るなりこれである。

（選考にはあなたもかかわっているんじゃないの？）

と言いたい気持ちをのみ込み、リティは引きつった愛想笑いを浮かべた。

「イーゼル卿自らいらっしゃるなんて、なにかあったんですか？」

リティが尋ねると、イーゼル卿はあからさまに不快そうな態度を隠しもせず、一通の封筒を渡した。

「今後の予定はこちらに記してある。よく確認の上、指定された日時には絶対遅れないよう」

「ありがとうございます」

なんだろう、と思いながらリティは封筒を受け取った。

部屋の中を覗くと、同室の候補者たちもそれぞれ同じものを持っている。

「すでに案内人から聞いているかと思いますが」

イーゼル卿が敬語で話すのを聞き、リティはぴくりと反応した。

（私にはあんな横柄な態度だったのに）

どうやら彼の中でリティはよっぽど下の扱いらしい。

「ここにいる間は自由に過ごしてもらってかまいません。また追って連絡をしますので、それまで模範的な妃候補として生活してください」

イーゼル卿はそう言うと、四人を順番に見て立ち去った。

リティが部屋の扉をきっちり閉めている間、ニナの不満げな声が封筒を開く音に重なって聞こえた。

「わざわざイーゼル卿が来るなんて。特別な推薦者のリティがいるからなのかな？」

「やっぱり本来は自分で足を運ぶような立場の人じゃないのね」

自分のベッドに戻ったリティも、手渡された封筒の中身を取り出す。

そこには一枚の紙が入っていた。

リティが渡された紙には、候補者の資質を確かめるためにランベールと過ごすこと、そしてリティの番の日付と時間が書かれている。

(妃を選ぶための試験ってところ？)

リティの番はひと月も先だった。

「わあ、再来週だって」

「私は明後日《あさって》でした。この中で一番早いかもしれませんね」

ニナとエリーズが言うのを聞き、リティは当然の流れとしてデルフィーヌにも話しかける。

「あなたはいつだったの？」

「教える必要があるのかしら？」

つんとすました顔で言うと、デルフィーヌは封筒の中に紙を戻した。

「わたくしがいつ殿下と会おうと、あなた方に関係があって？」

「話を振っただけでそんな言い方しなくてもいいじゃない」

「朝にした話をもう忘れたようね。わたくしたちはお友達じゃなく、敵同士なのよ。自分の手に入れた情報を他人に明かすなんて愚かだわ」

「だけど少なくともひと月以上、同じ部屋で生活するのよ。少しくらい、仲良くなろうとは思わないの？」

「思わないわ」

きつい眼差《まなざ》しで睨まれたリティが肩をすくめる。

「そう。じゃあ私もあなたと仲良くなろうとするのはやめておく」

「そうしてくれるとありがたいわね。もっとも、あなたが殿下とふたりで話す頃までここにいられるとは思えないけれど」

昨日に引き続き気まずい空気が流れ、リティはすっかり落ち込んでしまった。

（そんなに言わなくてもいいのに）

リティを侮辱した令嬢たちと違い、デルフィーヌは差別的な感情からきつい言い方をしているわけではなさそうだった。

なぜなら、彼女はニナやエリーズにも同じように振る舞うからである。

リティはもう一度封筒に入っていた紙を確認し、再びランベールに会う日時を確認した。

（ひと月以上も会わなかったら、私のことなんて忘れるんじゃないかしら？）

それは寂しいと思いながら、ベッドに仰向けに横たわる。

実家のベッドとは違う最高級のやわらかさのせいで、リティはそのまま眠りに落ちてしまった。


それからというもの、リティは退屈な日々を過ごした。

自由時間にすることがなかったためである。

（このままのんびりしていていいの？　なにが正解かわからないわ）

デルフィーヌとエリーズはいつもどこかに出かけている。

朝から晩まで外をぶらついているニナいわく、エリーズは図書室にいることが多いようだった。

（殿下とどういう話をしたのか、エリーズは教えてくれなかった。私のときはどんな話をするんだろう……）

ニナの話によると、ランベールは王子としての職務の合間に候補者たちと会っているらしい。

そのためなかなか話す時間をつくれず、ゆえにリティの番がかなり先になっていたのだった。

「……じっとしているのって、性に合わないわ」

声を発しても、部屋には誰もいない。

ベッドに横になっていたリティが勢いよく起き上がって、外出の準備をする。

(選考基準もわからないし、こうなったら言われた通り好きに過ごしてみよう)

リティが向かったのは、戦鳥たちのいる鳥舎だった。

ここでは戦いの際に騎乗する鳥以外に、手紙や荷物を運ぶ鳥もいる。

(父さんたちに手紙を送るのはいい考えかも。鳥舎の人に聞けばいいのかしら?)

そう思っていたリティだったが、鳥舎に着くなり考えが吹き飛んでしまった。

(なんてたくさんいるの!)

鳥舎には、少なくとも三十羽以上の戦鳥がいた。

どれも立派な体躯で、リティが三人乗っても平気な顔で空を翔《か》けそうだった。

「か……かわいい……」

もともとリティは戦鳥が好きだ。

あまりにも愛しすぎて、一度兄たちに引き離されたことがあった。

ロベールが連れてきた相棒のヒューイを、一日中なで回していたせいだ。

そのため、一般的な貴族ならば顔をしかめそうな独特な鳥の香りも気にせず、目を輝かせながら鳥舎に近づいた。

驚いたのは鳥舎にいた馬丁《ばてい》ならぬ鳥丁《ちょうてい》たちである。

「こっ、候補者の方ですか？　どうしてこんなところに⁉」

「お嬢さん、危ないので離れていてください。戦鳥はとても危険な生き物なんです」

鳥たちの世話をしていた使用人たちが慌ててリティのそばに駆け寄った。

彼女が間違えて迷い込んだのだと思い込んでいたのは明白だったが、リティは彼らに向かって大きく首を横に振る。

「とても丁寧にお世話をなさっているんですね。この子も、そっちの子もなんて素敵な羽なの……？」

うっとりと言ったリティに、使用人たちが目を丸くする。

その一瞬の間に、リティは引き寄せられるように近くに繋がれている戦鳥に近づいた。

「あなたは額におもしろい模様があるのね。その三本線、すごくきれいだわ。もしよかったら触らせてくれない？」

見知らぬ人間を前にした戦鳥がクルルと喉を鳴らす。

そして、リティが伸ばした手に向かってくちばしを寄せた。

「危ない、お嬢さん！」

「いけません！　その子は特に気性が荒くて……！」

妙な娘の登場に思考停止していた使用人たちが、我に返って止めようとする。

しかし、彼らが思っていた展開にはならなかった。

「すごくふわふわだわ！」

気性が荒いはずの戦鳥が、リティの手に甘えておとなしく額をなでさせている。

それどころか機嫌よさそうに喉を鳴らし、軽やかに歌い始めた。

「大事にされているのね。そうじゃなかったらこんな触り心地にならないもの。あなたの羽毛で作ったベッドに寝たら、三秒も経たずに眠ってしまうわね」

リティが鳥をなでていると、ほかの鳥たちまで騒ぎだした。

「待ってね、順番よ」

その言葉の通り、リティは立ち尽くす鳥丁たちの前で順番に鳥たちに触れていく。

どの鳥も決してリティを傷つけようとせず、彼女になでられると目を細めて喜んだ。なでられ終えた鳥が物足りないと騒ぎ、まだなでられていない鳥が抗議の声をあげる中、その場にいた三人の鳥丁は自分の目を信じられずに頬をつねった。

「俺たちが世話していたのは戦鳥……だったよな？」

「雛《ひな》でさえ、こんなに人には懐かないぞ……」

「特別な訓練を受けたわけでもないだろうに、どうして……」

三人が受けている衝撃など知らず、リティは存分に鳥たちをなでて大満足だった。

鳥たちもご機嫌なようで、感謝するように歌ったり、羽を広げて踊ったりし始める。

「そんなに暴れたらぶつかってしまうわよ」

リティが大げさに翼を動かす鳥に向かって言った瞬間、翼の先が運悪く壁に立てかけてあった五本爪の鋤《すき》に当たる。

汚れた藁《わら》をかき集めるためのそれがぐらりと傾き、驚きの声をあげた鳥に向かって倒れかけた。

「危ない！」

叫んだリティの前で、鋤がゆっくりと鳥の脚へ倒れていく。

きた。

（間に合って……！）

　すかさず飛び込んだリティが手を伸ばすと、ぎりぎりのところで鋤を掴むことがで
　危なく怪我をするところだった鳥が、申し訳なさそうに頭を下げ、情けない声でク
ルルと鳴く。

「これに懲りたら暴れちゃだめよ」

　リティがほっとして言うと、鳥はありがとうと言うように甘い鳴き声を発した。

　その騒ぎのおかげでやっと頭が追いついたのか、鳥丁のひとりが駆け寄る。

「大丈夫ですか⁉」

「ええ。この子を興奮させてしまってごめんなさい。もう少しで怪我をさせてしまう
ところでした……」

「いえいえ、こんなにうれしそうな鳥たちを見たのは初めてですよ」

　鳥丁がリティから鋤を受け取り、戦鳥の翼が届かないところへ持っていく。

　再びリティのもとへ戻ってくると、改まった様子で話しかけた。

「お嬢さん、その……」

「リティシアです。あなた方がこの子たちのお世話をしているんですか？」

「ええ、まあ……」

「素晴らしいわ……！　私、小さいときは戦鳥のお世話係になりたかったんです」

興奮状態のリティに対し、鳥丁たちは困惑していた。

見るからに貴族階級のご令嬢が、なにを言っているのだろう？

そんな声が聞こえてくるかのようだ。

「リティシア様は戦鳥がお好きなんですね」

年若い鳥丁に話しかけられ、リティは深くうなずいた。

「大きくてふわふわでかわいいでしょう？　いつか一緒に空を飛んでみたいわ」

「城で管理している子たちなのでリティシア様を乗せて飛ばすのは難しいですが、普通に乗るだけなら大丈夫ですよ」

「おい、なにを言ってるんだ」

その鳥丁より五つは年上に見える男が慌ててとがめる。

「だって今のを見たでしょう？　この子たちはリティシア様を気に入っているし、リティシア様だってこの子たちにひどいことをしませんよ。むしろ誰が乗せるか尋ねたら、みんな立候補するはずです」

「だからってお前な。万が一、なにかあったらどうするんだ。相手は殿下の妃になるかもしれない方なんだぞ」

「とても残念ですが、私からも遠慮しておきます」

ようやく興奮状態が落ち着いたリティも、その男の言葉に同意する。

「慣れていない私が乗ったら、この子たちに嫌な思いをさせるかもしれません」

戦鳥は人間に使われるための生き物である。

気性の荒さもあり、基本的には愛情を注がれる存在ではない。

それが常識だからこそ、鳥丁たちは改めてリティを見直した。

リティは感心されているとも知らず、はっと気づいた様子で三人を見て軽く頭を下げた。

「お仕事中に突然お邪魔して申し訳ありません。つい、興奮してしまって……」

「お顔を上げてください。まさか妃候補のご令嬢が遊びに来られるなんて思いませんでしたよ。そんなにお好きなら、ぜひ好きなだけ遊びに来てやってください。こいつらもリティシア様になでられるのが気に入ったようですから」

その声に賛同しているのか、繋がれた戦鳥たちが一斉に歓喜の声をあげる。

(遊びに来ていいの？　毎日？　好きなだけ？)

ここへ来てからずっと部屋で過ごしていたリティは、その魅力的な提案を断れなかった。

「でしたら、お世話を手伝わせてください。専門的なことは難しいと思いますが、掃除や餌やりはできるでしょうから」

故郷にて、ときどきヒューイの羽をブラシで梳《す》いてやったのを思い出し、リティの頬が緩む。

細かいゴミを取り除き、専用の油を塗ってやることで、ふわふわの羽毛は絹のような触り心地になるのだ。

「妃候補の方にこんなことをお願いしていいのかね？」

「やらせちゃいけない、なんて指示はもらってませんよ」

「まあ、鳥たちが喜ぶならいいんじゃないか？」

鳥丁たちが顔を見合わせて言う。

そして最も好意的だった若い鳥丁がリティに笑いかけた。

「今日はこの後、お暇ですか？　もし時間があるのなら、この子たちの羽を磨いてやってください」

それを聞いたリティの顔がぱあっと明るくなる。

「ぜひやらせてください！」

やることを見つけてからのリティは、生き生きした毎日を送るようになった。

早起きをして朝食を終えると、その足でまず鳥舎に向かう。

そして餌やりを手伝い、鳥丁たちと談笑しながら掃除をし、昼食の時間まで好きなだけ鳥と過ごした。

昼は鳥たちが昼寝をする。

それを邪魔しないよう、リティは図書室か薬草園で勉強を始めた。

怪我や病気になった鳥のために、ありったけの知識を叩き込みたいと思ったからだった。

特にリティの花を咲かせる能力は薬草園で重宝され、貴重な薬草を管理する責任者に喜ばれた。

陽が暮れたら、夕食の前に羽の手入れを行う。

その後は名残惜しげに鳴き声をあげる鳥たちと断腸の思いで別れ、一日を振り返りながら夕食と入浴を済ませて眠りにつくのだ。

「最近、部屋にいないと思ったらそんなことをしてたんだ。おもしろいね」

入浴を終えたばかりのニナが、自らの髪を風の力で乾かしながら言う。

彼女が妖精から与えられた祝福は、風を呼ぶこと。暴風を呼べるほどではないため、戦いの場では役立たない。

「ニナも遊びに来たら？　お世話する三人以外は誰もいないし、候補者の子も全然来ないから」

「まあ、みんな行かないのは当たり前かもね。戦鳥って怖くない？　羽根でできたクッションとかベッドは好きだけど」

「怖くないわ。みんないい子だし、もふもふで気持ちいいの」

極上の手触りを思い出し、うっとりしながらリティはエリーズにも目を向ける。

「エリーズもいつでも来てね。癒やし効果絶大よ」

「鳥はあまり得意じゃなくて……。ごめんなさい」

「気にしないで。謝るようなことじゃないわ」

そう言ったリティのもとにいそいそとニナがやってくる。

彼女はこうやっていつも、リティとエリーズの分まで髪を乾かしていた。

「リティってやっぱりちょっと変わってる。家に戦鳥がいたの？」

「ううん、父さんの友達の相棒だったの。ヒューイって言うのよ」

「家にいたら毎日なでてたんだろうね。私もうちの薬草園に入り浸ってたもん」

「ニナさんの家には薬草園があったんですか？」

エリーズが反応し、ニナが照れくさそうにうなずく。

「そうだよ。うちのはすっごく大きいんだ。だから領内で怪我や病気があったら、みんなうちの薬草を持っていくんだよ」

「じゃあニナも薬草に詳しいの？」

「それはまあ、妖精族《イリゼ》だし？」

ニナの瞳は、今は橙に近い黄色だった。

どういう感情のときになんの色に変わるか、まだリティのほうで把握できていないが、うれしいときや楽しいとき、興奮しているときは暖色に変わっていることが多い気がしている。

嫌なことがあったときや落ち込んでいるときは寒色になるようだ。

「私も最近、薬草について勉強してるの。それに戦鳥になにかあったとき、すぐ手を貸せたらいいなと思って。それに私の能力を考えると、植物について知っておくのは損にならないし」

リティは今日得た知識を頭の中で反芻《はんすう》しながら言った。

故郷にいるときから学んでおけばよかった、と悔しく思う気持ちはあるが、それに気づけたからこそ王都に来た甲斐《かい》もある、とも思っている。

「たしかに！　もし脱落したらうちに来ない？　なかなか花を咲かせない薬草があるんだ」

「なんて名前の薬草なの？　調べておくわ」

三人で盛り上がっていると、部屋の扉が開いた。

外から帰ってきたデルフィーヌは、着替えを手に取るとまっすぐ浴室へ向かう。

彼女の姿が浴室へ消えてから、ニナが声をひそめて言った。

「デルフィーヌって、いつも遅くまでどこでなにをしてるんだろうね？」

「さあ……。図書室で勉強してるとか？」

「それはないと思います。見かけたことがありませんから」

「聞いても教えてくれないわよね、きっと」

リティはデルフィーヌが向かった浴室の扉を見つめる。

「未来の妃にはやっぱりデルフィーヌが選ばれるのかなぁ」

ニナのひと言に、エリーズがぴくりと反応する。

「可能性は高いでしょうが、私たちが選ばれる可能性もゼロではありませんよ」

「でもさぁ、最有力候補者でしょ？　実はとっくにデルフィーヌを妃にするって決まってて、この妃選びは見せかけのものなのかも」

もやっとしたリティの顔に微かな不快感が浮かぶ。

「どうしてそんな真似をする必要があるのよ。それなら最初からデルフィーヌにすればいいじゃない」

「たくさんの候補者から選ばれた人は優秀ですよーって見せつけたいとか。大人の事情ってやつ。貴族ってそういうの、めんどくさいじゃん」

「……否定できませんね」

(そうなんだ)

妙に納得しているふたりと違い、リティにはいまいちしっくりこない。

「それに私、聞いたんだ。ルビエ家は陰で王家に多額の献金をしてるらしいよ。いわゆる賄賂ってやつ」

「デルフィーヌを選んでもらうために？」

「本当かどうかは知らないけどね。選考員のイーゼル卿もルビエ家と仲良くしてるって噂だし、ありえないこともないんじゃないの？」

「デルフィーヌさんの引き立て役として扱われるのは気に入りませんね」

エリーズが下を見ながら自分の手を握りしめる。

「私たちには妃になりたい理由があるはずです」

「そうだよねー。私もそんなずるいやり方で落とされるのは嫌だな。未来の王妃になりたいし」

ニナが同意したのは、リティにとって意外だった。

「ニナもお妃になりたいの？」

「それはなりたいでしょ。じゃなかったらもう辞退してるって。リティは違うの？」

「私は……」

答えようとしたリティは、口を開いたがすぐ閉じてしまった。

（みんなほど、必死になりたいと思う理由があるかしら……？）

辺境の問題はランベールに直接伝えられたおかげで、改善が見込めるといっていいだろう。

彼が幸せになる手伝いをしたいという気持ちはあるが、果たしてそれは新しくできた友人たちを押しのけてまで叶えたいことだろうかという思いもあった。

「リティさんは妃に選ばれたくないんですか？」

珍しくエリーズからも踏み込まれ、リティは愛想笑いを浮かべた。

「選ばれたくないとは言わないわ。でもみんなほど、強い理由がないのかもって……」

「どうりでやる気を感じられないと思ったわ」

きつい物言いは浴室から出てきたデルフィーヌのものだった。

「そんなふざけた態度で候補に残るなんて恥を知りなさい」

「私がなにをどう思っていてもデルフィーヌには関係ないわ」

「あなたのような人が候補に残っていたというだけで、この妃選びの格が下がるでしょう」

どうもデルフィーヌはリティによく絡む。

こんなふうに文句を言われるのも慣れ始めているとはいえ、リティにとっておもしろいはずはなかった。

「デルフィーヌも髪を乾かしてあげようか？」

また気まずい空気が流れるのを察したのか、ニナが瞳の色を灰色に変えながら言う。

不安や焦り、戸惑いを感じているようだ。

「結構よ」

デルフィーヌはつんとして言うと、さっさとベッドに潜り込んでしまった。

「……デルフィーヌは私が嫌いなのかな？」

小声で質問したリティに、ニナが肩をすくめて首を横に振る。

「リティだけじゃないよ。私たちみんなが嫌われてる」

自分以外にも嫌な思いをしている人がいると思うと、それはそれで気持ちのいい感覚ではない。

リティはデルフィーヌのほうをちらりと見て、複雑な気持ちを吐き出した。

ランベールとの再会を待つ間、リティは鳥舎での手伝いと戦鳥たちのための勉強に精を出した。

今日もまた昼食を終えて薬草園に向かうと、薬草が生い茂る花壇のそばに、珍しくニナ以外の候補者の姿がある。

「こんにちは」

リティに声をかけられた令嬢が立ち上がり、振り返った。

振り返った娘はおっとりした顔立ちで、薄い水色の髪が腰まである。

深く透き通った青い瞳が美しく、リティは思わず見とれてしまった。

「こんにちは。あなたはティルアーク家のリティシアさんね？」

瞳だけでなく、声も透き通っていて涼やかだった。

「ええ。そうだけど、どうして……？」

「ゆっくりお話をしたいと思っていたのよ。うれしいわ」

声を弾ませた娘がリティの前までやってくる。

「その髪もとても素敵だと思っていたの。わたくしも本当はそんな氷のような色がよかったのに」

「あなたの髪も艶やかできれいだわ。ええと……」

「ブランシュよ。ポートリン家のブランシュ」

「ポートリン……。あっ」

記憶に引っかかったその名を、リティは顔合わせのパーティーで聞いていた。

「最初に自己紹介をした方ね？」

「覚えていてくださってうれしいわ。ブランシュと呼んで」

好意的なブランシュに喜び、リティは素直にうなずく。

「じゃあ私のこともリティと呼んでね。ブランシュはここでなにをしていたの？」

薬草と繋がりが深いニナはともかく、ほかの令嬢たちはここに寄りつかない。

植物の独特なにおいが漂っているうえ、咲く花も地味なものばかりだからだ。

「わたくしの力を活用して、なにか手伝えないかと思ったのよ」

そういえば、と再びリティは彼女の能力を思い出す。

「荒れた土地を豊かな土地に変える……だったかしら？」

「ええ。わたくしの力は薬草園で使えそうでしょう？　今は責任者が席を外している
ようで、残念だわ」

「じゃあ、私と似たような理由でここにいるのね。私も――」

「花を咲かせる能力。違う？」

「すごい記憶力ね」

「わたくしにとって、ちょっと特別だったのよ」

「特別？」

「だってクアトリー出身でしょう？　ジョエル様のいらっしゃる、あの」

恍惚《こうこつ》としたブランシュの表情は、戦鳥を前にしたリティに近い。

「ノルディア王国で一番寒い地なのよね？　海には氷が流れ着くとか……。わたくし、
いつか旅に出るなら絶対にクアトリーへ行こうって決めていたの」

「私からすると寒いだけで見所なんてない土地だけど……。そう言ってもらえると、
クアトリー出身としてうれしいわ」

「凍った魚を食べるというのは本当？　口が冷たくてのみ込めないのではないの？」

「そんなに大きな塊は食べないから大丈夫。薄く切ったものを食べるの。私は口の中
で少しずつ溶かしながら食べるのが好きよ」

ますます目を輝かせるブランシュにつられ、リティも気づけば笑みを浮かべていた。

(クアトリーを褒めてくれる人がいるなんて！)

ブランシュがクアトリーに憧れを抱いているのは、どうやらジョエルが理由のようだった。

戦場での活躍や長兄トリスタンと並んで強力な能力を有していることから、様々な噂が広まっているのだろう。

不純にも聞こえるが、どんな理由であれ、故郷を好いてくれる人がいるのは喜ばしいことである。

「妃候補としてここにいるより、クアトリーに行くべきだったかしら？」

冗談めかして言ったブランシュを、リティは素直に好ましいと思った。

「これが終わって遠出する余裕があったら、ぜひ来て。私が案内するわ」

「そのときはぜひお願いするわね」

「でも、もしかしたらブランシュが殿下に選ばれるかも。そうしたら殿下と一緒に来られるのかしら？」

「行けないわ」

「素敵！」

ブランシュが断定的な口調で言う。

「だって殿下は炎の妖精の加護を受けているもの」

「それってクアトリーに来られない理由と関係ある？」

「あるわ。だってここの湖が凍らないのは、王家の力のせいでしょう？　クアトリーの美しい氷が溶けてなくなってしまうかもしれないわ」

ランベールや現国王が居を構える城は、海と見紛うほど巨大な湖の中心にある。

そのため王都からは橋を渡る必要があるのだが、リティは湖が凍っていない理由を深く考えたことがなかった。

「炎の妖精は城のどこかにいるそうよ」

ブランシュは声をひそめ、周囲を確認しながら言った。

「妖精って本当にいるのね」

リティがつぶやくように言うと、ブランシュが深くうなずいた。

この地に生きる者は皆、妖精からの祝福と称した特別な能力を発現させるが、実際に妖精からもらうわけではない。

特別な訓練をしなくても立って歩けるようになっているのと同じように、いつの間にか身についているものなのだ。

「あら、クアトリーには氷の妖精の申し子がいるじゃない」

「ジョエル兄さんね。たしかにすごい人だけど、本物の妖精じゃないわよ」

「だけどそれに匹敵するほどの祝福を宿しているんでしょう？　ぜひ一度お会いしてみたいわ！」

ブランシュが興奮を示すのはこれで三度目だ。

すっかり慣れたリティは、はしゃぐブランシュを見てくすくす笑った。

「兄さんには悪いけど、私は氷よりも炎のほうがいいな。温かいし」

幼い頃、頬に氷の塊をくっつけられたことを思い出したリティが言う。

妹に尊敬されたいジョエルがやらかした出来事のひとつである。

「……そう？」

「身近すぎて特別感がないのかもね。寒い土地と、兄さんのせいよ」

「わたくしからすればうらやましいわ。そんな素敵なご家族がいらっしゃるなんて……」

先ほどよりは幾分落ち着いたブランシュが目を伏せる。

そして顔を上げ、なにかに気づいたようにあっと声をあげた。

「ごめんなさい。この後、予定が入っているの」

「そうなのね。じゃあ、また別の機会にゆっくりお話ししましょう」

「ええ、ぜひ」

ブランシュはリティに軽く手を振り、早足でその場を立ち去った。

走っているはずなのにそうとは見えないほど品を感じ、素直に感心する。

（私もあんな淑女になるべきなのよね、うん）

同室のふたりとは違う新しい友人を得て、妃候補になってよかったと思う理由がまたひとつ増えたリティだった。


そしてついに、リティがランベールと話す日がやってきた。

陽が暮れる少し前、リティは手紙に書かれていた場所へと向かう。

そこは城の二階から外へ出た広いバルコニーで、王都と城を繋ぐ橋が前方に見える。

「緊張しているようだな」

現れたリティを出迎えたランベールは、大理石の丸テーブルの前に立っていた。

自身の向かい側にあたる席を示し、リティに微笑みかける。

「座ってくれ。もう少し気楽にしてかまわないから」

「失礼します」

ランベールの言葉通り、リティはとても緊張していた。

(前にもお話はしたけれど、あのときは急だったし……)

改まって話をするとなると、どんな話題を提供すればいいかわからない。

座っても口を閉ざしているリティを見て、ランベールが助け舟を出した。

「あなたで最後だ」

「最後? なにがですか?」

「候補者とひとりずつ話す時間だ。本当に長かった」

そうは言うものの、ランベールの顔に疲れや飽きは見えない。

「あなたはある意味特別な推薦枠にいる候補者だから、ずいぶん待たせる形になってしまった」

特別だと言われて首をかしげたリティだったが、すぐにその意味を理解する。

「推薦を受けたといっても、もともと選ばれた方の補欠にすぎません」

「ああ、その通りだ。たったひとつだけ空いた枠に、議会の貴族たちから推薦させた結果、あなたが選ばれた」

ランベールの言う議会の貴族が、リティの父の友人であるロベールだ。

「多くの貴族が推薦する中からさらに抽選が行われてな。そこで選ばれるような幸運を持つ女性は、きっと未来の妃としてこの国にも幸運を運んでくれる……だそうだ」
ロベールに抽選の話を聞いていなかったリティは驚いた。
(運もないとここにはいられなかったってこと……)
リティを推薦した彼が彼女の幸運を信じていたかどうかは知らない。
しかし実際にリティは無事に選ばれ、ランベールの前にいる。
「たしかに私は幸運かもしれません。温かい家族と、素敵な友人に恵まれております。
それと……かわいい戦鳥たちにも」
「かわいいか？　あれが？」
咄嗟に素の反応をしてしまったのか、ランベールが不自然に咳《せ》き込む。
「……あなたは戦鳥が好きなのか？」
「はい！」
今度はリティが取り繕うのを忘れる番だった。
好きな話題になったことで前のめりになり、目を輝かせて今日までの日々を語る。
「殿下にお会いするまでの間、毎日鳥舎に通っておりました。殿下はご存じですか？
あの子たち、首の羽毛よりお尻のほうがもっふりしていて温かいんです……！」
ランベールが勢いよく噴き出した。

純粋に感動を伝えたかったリティは、肩を震わせながら笑うランベールを見て不思議そうな顔をする。

それに気づいたランベールが軽く手を上げ、笑いを噛み殺して言った。

「いや、失礼。やはりあなたは普通の令嬢ではないな。まさかこの場で戦鳥の尻について語られるとは……」

指摘されたリティが真っ赤になる。

「し、失礼しました。あの、そういうつもりでは」

「いい。あなたを口説きたいときは戦鳥を使うとしよう」

(使うって、どうやって……?)

興味を引かれたリティだったが、ここで食いついてはまた恥をかくだろうと考えて自分を抑え込んだ。

「ほかの令嬢たちは自分のいいところを話してくれたんだが。初めて話したときといい、どうも妃選びの最中だと忘れそうになる」

「申し訳ございません。辺境の出で礼儀がなっておらず……」

「謝るな。ひとりくらい、あなたのような人がいるべきだ。安心する」

揺らめく炎の瞳に見つめられ、リティの胸が騒いだ。

（前にも思ったけれど、きれいな瞳だわ）

なんとなくランベールと目を合わせていられなくなり、すっと逸らす。

「ほかの候補者にも安心できる方はたくさんいます」

「だからそういうところがらしくないんだ。自分以外を推薦してどうする」

「それもそうですね」

リティは間違いなく候補者だが、ニナに言ったようにその自覚は薄い。

クアトリーの状況をすでに伝えたことで、きっとランベールが解決してくれると信用しているからだ、とリティ本人は思っている。

「そういえば、気になっていることがあったんです」

ランベールにおもしろがられているように感じ、リティは話を逸らそうと別の話題を出した。

「なんだ？」

「殿下はこの妃選びをどうお考えですか？」

「……どう、とは？」

質問の仕方を間違えたのか、空気がひりつく。

リティは一瞬自分の発言を引っ込めようかと思ったが、誤解されたくなかったため、ためらいがちに話を続けた。

「その……こんなふうにお喋りをしていたら、殿下は結婚したいと思えるようになるのでしょうか。私はそういうときめきを感じた経験がないので……」

リティには恋愛経験がない。

それどころか、世の中の令嬢たちのように本や芝居で胸をときめかせたこともない。彼女の身の回りには、そういった『女性がこっそり楽しむ本』を渡す人間がいなかったからだ。

「なるほど、そういう……。もっと政治的な話をされるのかと警戒してしまった」

肩の力を抜いたランベールが椅子にもたれてほっと息を吐く。

「心配せずとも……というのもおかしいか。そもそも、これは恋愛できる相手を探すためのものではない。恋愛結婚など、貴族の身分であっても縁遠いものだろう」

「そうなのですか。すみません、両親は恋愛結婚だったと聞いたので……」

当時、クアトリーは無法地帯だった。

先祖代々その地にいたリティの母は、ある日海からの侵略者にかどわかされかけたところをマルセルに救われたという。

力強く頼もしい若者にひと目惚れをするのは、別におかしな話ではなかった。

そしてマルセルが淡雪のように儚く美しい少女に恋をしてしまうのも。

かくしてリティの両親は出会い、三人の子供をもうけるほど仲睦まじい夫婦となったのである。

「中央を離れればそういう家門もあるだろう。だが、一般的には互いの家にとって価値がある結婚かどうかという見方をする」

政略結婚についてはリティにも知識があるが、いずれ恋愛感情が芽生えるものだと無意識に思っていたのは否《いな》めない。

「あまり仲がよくなくても夫婦でいることを選ぶのですね」

「そうだ」

その場合は公然の秘密として愛人を囲う夫婦がほとんどだ。

妻と夫、それぞれに愛人が複数人いるのは珍しくない。

しかしリティはそんな家庭が存在することも知らなかった。

「私の妻となる候補者は、人ではなく『道具』として見られる。どれほどの後ろ盾があるか、本人の能力は王家にとってどの程度役に立つのか。……私の結婚だというのに、口を出せることはほとんどない」

「でしたら、最も役に立つ女性を妃にすればいいのではないでしょうか？　時間をかけて相手を選ぶ必要はないのでは……？」

「……『道具』として以外の適性を私が判断するため、ということになっている」

いまいち引っかかる物言いだったのもあり、リティはあまり深く追及していい内容ではなさそうだと判断した。

はっきりさせてほしい気持ちはありつつも、ランベールを困らせたくないという気持ちのほうが強かったため、口を閉ざしておく。

（デルフィーヌが第一候補と呼ばれている理由もわかった気がする）

候補者の中から妃を決めるのに、なぜそんな序列に似たものが存在しているのか、ようやく理解する。

彼女の家は四大家門のひとつだと言っていた。

ほかの三家に適齢期の令嬢がいない限り、彼女の後ろ盾はどの貴族よりも強力だ。

しかもデルフィーヌの光を操る能力は非常に希少で、役に立たないと判断するほうが難しい。

少なくともリティの花を咲かせる能力の数百倍は活用方法がある。

（……なんだか、もやもやするわ）

リティはそっと自分の胸に手を当てる。

「殿下はノルディア王国のために結婚するのですね」

「ああ、そうだ」

それでいいのだろうかと思うも、口には出せない。

ランベールはリティが哀れんでいいような相手ではないし、否定的な発言をすれば王家を批判していると取られかねないからだ。

はっきりと口にはしなかったリティだが、考えていることは顔に出ていた。

それに気づいたランベールが苦笑し、リティに向かって言う。

「だが、この妃選びのおかげであなたに出会えた」

その言葉はひどく甘く聞こえた。

リティの鼓動が不自然に高鳴り、速度を増す。

「それは……光栄です。私も殿下にお会いできたことが一番の幸運です」

「本当にそう思っているか？　城の戦鳥たちに会えたことではなく？」

「あ……ええと、あの」

リティにとっては間違いなくそれが一番だ。

咄嗟に嘘をつけず、慌てふためいたリティを見てランベールが笑う。

「あなたは素直すぎるな」

「……申し訳ございません」

「悪いと思うなら、もう少し話に付き合ってほしい」

椅子にもたれていたランベールが丸テーブルに肘をつく。

あまり王子らしからぬ態度だったが、それが逆に心を許している様子を表していた。

「これを候補者に聞くのは初めてなんだが、クアトリーでの話を聞かせてくれないか？　土地の話でもいいし、そこに住む人々の話でもいい。家族の話でもかまわない」

なにを聞かれるか身構えていたリティは、それを聞いて安堵した。

「そんな話でよろしければ、いくらでも」

大好きなものの話をせがまれ、リティの口は閉じる暇がなくなる。

聞き上手なのか、ランベールとの話は驚くほど盛り上がった。

脱落者

ひと月かけた候補者全員とランベールの面会が終わると、また候補者たちの人数が減った。

「この一か月の間、どう過ごすかも評価に関係してたみたい」

食堂にて、とっくに食事を終えたニナが言う。

相変わらず情報を仕入れてくる速度が尋常ではない。

「遊んでた人とか、使用人にきつく当たった人とか……。あとは殿下からの印象が悪かった人もだめだったって噂」

「ニナさんはいつもどこでそういう話を聞いてくるんですか？」

エリーズに質問されたニナが、くしゃっと笑う。

「あちこち！　みんな、話し相手が欲しいみたい」

「ニナのその行動力、本当に尊敬する」

リティは残っていたパンの最後のひとかけらを口にすると、令嬢らしく上品に席を立った。

「あれ、もう部屋に戻るの？」

ニナが不思議そうに尋ねる。

「ええ。だって次の試験のために勉強しなくちゃ」

すでに発表された試験の内容は、筆記試験だった。

地味だが、基礎知識を確かめるのにこれほど効果的なものもない。

「わあ、真面目」

「別に真面目なわけじゃないのよ。私は貴族社会の常識に疎いから、人一倍やらなきゃ追いつけないだけ」

リティはここにきて辺境育ちが枷《かせ》になると思っていなかった。

（中央の人たちが誰でも知っていることを、私も知っていなきゃいけない）

最近のリティはずっと図書室に通っている。

溺愛する妹が相手でも容赦なく知識を叩き込んだジョエルのおかげか、リティにとって勉強はさほど苦にならなかった。

知らないことを知る喜びもあり、むしろ積極的に学びの時間をつくっている。

「あまり妃になりたくないのに勉強をするんですか？」

エリーズに話しかけられたリティは、少し考えてからうなずく。

「妃になりたくないわけじゃないの。殿下はとてもいい人だし……」

（なぜか、放っておきたくなくて）

ふたりで話したときのことは、何度もリティの頭を悩ませた。

（殿下は候補者を『道具』として見なきゃいけないと言っていたけれど、国のために愛していない人と結婚する殿下は、『人』として扱われているのかしら……）

それについて考えるとき、リティはいつも切なくなった。

ランベールの人柄を知っているがゆえに、彼の幸せを願ってしまう。

がた、と音がしたかと思うと、エリーズがきつい眼差しでリティを睨んだ。

「そんなぬるい気持ちで選考に残ろうとしないでください」

「急にどうし――」

「デルフィーヌさんが言っていたこと、私は賛成です。そんな態度でこの先に残り続けようとするなんて、恥を知って」

「エリーズ……」

リティがなにか言おうとするも、エリーズは聞かずに背を向けた。

見送ったニナが溜息をつく。

「……エリーズ、あんまり勉強が得意じゃないみたい。だから余裕がないだけだよ」

ニナの瞳がいつの間にか白に近い水色に変わっている。ひどく寂しげな色だった。

「私もリティやエリーズと争わなきゃいけないってわかってるよ。でも、こういうのは悲しいね」

「……そうね」

リティにはそれだけを言うのが精いっぱいだった。

(私は……甘かったんだわ)

デルフィーヌはともかく、ニナとエリーズとは友情を築けていた。

また、鳥舎で働く鳥丁たちとも仲良くなり、日々未知の体験に心を躍らせていた自覚はある。

しかし、リティがここにいる理由は友達づくりではない。

(仲良しではいられない。私たちは、敵同士)

しょんぼりと肩を落としたニナも席を立つ。

ともに食堂を出たリティたちだったが、ふたりとも部屋に戻るまでひと言も話さなかった。

エリーズとの関係が悪化したことにより、四人部屋の空気も気まずいものとなった。

ニナは今まで以上に部屋に居つかなくなり、リティもまた外で過ごす時間が増えた。

(だめだわ。勉強なんて頭に入らない……)

図書室から持ち出しを許された本をベッド脇に置き、リティはうつむいた。

(少し息抜きをしてこよう)

誰とも顔を合わせないようにと向かった場所は、深夜の鳥舎だ。

ほかの令嬢ならばともかく、リティは鳥丁たちと仲良くなったためにいつでも出入りを許されている。

鳥舎の中は城と同じく妖精の力が宿っているようで、動き回るのに不自由しない程度の明かりが灯っていた。

戦鳥たちは暗闇の中で目を光らせているが、一様に不安げだ。

(妃候補を辞退すべき? でも……)

その選択肢がちらつくたびに、リティの頭の中にランベールの声が響く。

『最後まで候補に残ってくれ。……俺のために』

炎に似た瞳を思い出すだけで、リティは落ち着かない気持ちになった。

また胸の疼きを感じ、それを忘れようと繋がれた戦鳥を抱きしめる。

「……ちょっとだけこうさせてね」

リティのお願いに応え、戦鳥がクルルと喉を鳴らした。

自分よりもずっと小さなリティに顔を寄せて、慰めるようにくちばしを擦りつける。

「ありがとう。優しいのね」

鳥の意図に気づいたリティが力なく微笑む。

ふわふわの羽毛に顔を埋め、重い息を吐いたときだった。

「そこでなにをしている」

はっと顔を上げると、リティの目の前には磨き抜かれた剣の切っ先があった。

突然の事態に息をのむも、淡い光にぼんやり照らされた剣の持ち主を見て目を見開く。

「殿下、どうしてここに……」

「……リティシア？」

初めて名前を呼ばれたことにも気づかず、リティは軽く両手を上げた。

「この子たちを傷つけようとしているわけではありません。少し落ち込むことがあって、ひとりになりたかっただけなんです」

「なるほど。……君が言うのでなければ信じられないな」

ランベールが厳しい表情を緩め、リティに突きつけていた剣を鞘《さや》に戻す。

「剣を突きつけてすまなかった」

「鳥たちを守るためにしてくださったことですから、お気になさらないでください」

リティは本気で感謝しながら、ランベールに向かって頭を下げた。

再び顔を上げると、ランベールは立ち去らずにまだそこにいる。

「殿下はこちらになんのご用ですか？」

「君と同じだ。まさか同じ考えの人間がこの世に存在すると思わなかった」

「じゃあ……殿下もひとりになりたくていらっしゃったんですか？」

「……そうだな。考え事をしたかった。ここは誰にも邪魔されなくていい」

そう言って、ランベールは鳥舎の壁際を示した。

「もしもひとりでいたいならこの場所は譲ろう。だが、いてもかまわないなら……」

「大丈夫です」

考える間もなく答え、リティは鳥舎の壁際に積まれた藁の山に腰を下ろした。

（ひとりになりたかったはずなのに。殿下の顔を見たら……）

そのままリティは自分の隣の藁をぽんぽんと軽く叩き、ランベールを見上げる。

「殿下もどうぞ」

「……ああ」

一瞬だけためらいを見せてから、ランベールはリティの隣にこぶしひとつ分の距離を空けて座った。

戦鳥たちが落ち着かない様子でごそごそ動き、くちばしを鳴らす。

ふたりはしばらく話さず、その音に耳を傾けていた。

「なにがあったんだ？」

「なにかあったんですか？」

沈黙に耐え兼ねて口を開いたのは、奇《く》しくも同時だった。

「すみません。殿下からどうぞ」

「……では、遠慮なく。なにがあったんだ？　落ち込むことがあったと言っていたが」

リティは藁の上で膝を抱え、うなずく。

「候補者のひとりと喧嘩《けんか》してしまったんです」

ランベールにとって候補者同士が揉《も》めるのは珍しくない話だろう。

しかし彼は、水を差さずに黙ってリティの話に耳を傾けていた。

「彼女は真面目で……。だから、私の態度が許せなかったのだと思います」

「不真面目に見えるような真似をしたのか？」

「はい。……殿下の妃になりたい気持ちが、みんなよりも弱いと思うので」

がさりと音がした。

ランベールが身じろぎした音だ。

「俺の妻になるつもりがない、と？」

いつもの丁寧な口調が少し乱れている。

リティはそれに気づかず、再びうなずいた。

「ないわけではないんです。でも、みんなに比べると……。以前、お話ししたかと思いますが、私の目的は辺境の生活環境の改善なんです」

「ああ、言っていたな」

「殿下にお伝えできたので、ある意味目的が果たされてしまいました。だから……」

声が震え、リティは抱えた膝に顔を埋めた。

「その気がないのに残るのはみんなに失礼ですよね。殿下にだって」

「……俺は」

温かなものが膝を抱えていたリティの手に触れる。

それはランベールの手だった。

父や兄に触れられたときとは違う優しさと、微かな甘さを感じる。

そのせいか、リティはひどくそのぬくもりを意識してしまった。

「君がいなくなると寂しい」

　リティは顔を上げ、先ほどよりも近い位置にいるランベールと見つめ合った。

「前に言わなかったか？　最後まで残ってほしいと」

「ですが……」

「この城を後にするのは、君自身の力が不足していたときだけにしてくれ」

「どうして、そんな……」

「少なくとも俺は君を脱落候補に選ばない」

　はっきりと告げられたそれは、候補者のリティが聞いていいものではなかった。

「でも、私は」

「戦鳥の好きなところをもっと聞かせてほしいし、家族の話も聞いてみたい。それに、君自身のことも」

「……どうしてですか？」

　本当にわからず問うと、ランベールはすぐに答えた。

「まだ話し足りないからだ」

「私の話……そんなにおもしろかったんですね」

　悲しげだったリティの顔に微かな笑みが浮かぶ。

「私も殿下とはもっとお話ししたいです。だからすぐ、辞退できなかったのかも」

「だったら話そう。王都を離れたらもう話す時間を取れなくなる」

「そうですね。クアトリーは遠いですし……」

リティの声が少し明るくなった。

「せっかくできたばかりの友達と、すぐお別れするのも嫌な気がしてきました」

エリーズと喧嘩したまま、二度と会えなくなるのかもしれないと思うと、リティの胸は悲しみで痛む。

ニナと比べると会話をした回数は少ないが、故郷で同年代の友人がいなかったリティにとっては得がたい存在だった。

「殿下だってそうです。大事な友達のひとりですよ」

そう言ってからリティは、相手がこの国の王子だと思い出してはっと口を手で押さえる。しかし、ランベールはまったく気にしなかった。

「俺にとっても同じだ。君のような人には、きっともう出会えない」

ふたりはお互いの顔を見つめて、少し笑った。

「お礼を言うのが遅くなってすみません。パーティーで助けてくださってありがとうございました」

「なにかしたか？　記憶にないな」

「私の能力を明かしたときです。みんなに笑われたのに、殿下が気を使ってくださいました」

「……そんなこともあったな。どんな能力であれ、笑われていいものなどない。君の花を咲かせる力を優しいと言ったのは本心だ」

「とてもうれしかったです。今まで以上に自分の力を誇りに思いました」

リティは故郷にいたときと比べれば一瞬にも等しい、今日までの日々を思い出す。

そして、エリーズとの喧嘩で揺れていた自分の気持ちを反省した。

「それなのに私……とても失礼なことをしてしまったのですね。殿下を幸せにしてさしあげたいと思ったのに、その気持ちをみんなより弱いと思うなんて」

「失礼だとは思わなかったが……」

「理由を比べるべきじゃなかったんです。今の私のこの気持ちは、私の中でなによりも強いんですから」

急に目の前が開けた気がして、リティは戦鳥の香りが漂う空気を胸いっぱいに吸い込んだ。

「殿下はこの国のために結婚するとおっしゃいましたが、私は、殿下には殿下のための結婚をしてほしいです。そのお手伝いをしたい……」

ランベールが驚いたように目を丸くすると、炎の瞳が揺らめいた。

「乳兄弟でさえ、思っていても言わない。俺にそれが許されないのを知っているから……」

ふと、ランベールが握ったままの手に視線を落とした。

ややあってからその顔がじわりと赤く色づく。

鳥舎の中が薄暗くても、これだけ近くにいればリティも気づいた。

「殿下、お顔が……」

「なんでもない」

ぱっとランベールの手がリティの手から離れる。

「俺たちの関係を忘れていた。……妃候補のひとりである君と、こうして話しているのはよくないだろう。ほかの候補者たちに示しがつかないからな」

「いつか、好きなだけお話できるようになるといいです。そのときは私の話だけじゃなくて、殿下の話も聞かせてください。乳兄弟さんの話とか、炎の妖精の話とか」

ランベールよりも先に立ち上がったリティは、服の裾についた藁を払い、近くで様子をうかがっていた戦鳥の首をとんとんとなでた。

（本当にそんな日がきたらいいのに）

戦鳥がリティの手に甘え、小さく鳴く。

「そうだ、殿下のお悩みは解決しましたか？　考え事をしたいとおっしゃっていましたが」

リティが振り返ると、ランベールは視線をよけるように目を逸らした。

「……気にするな。大した悩みではない」

「もし、私にお手伝いできることがあれば言ってくださいね」

「……ああ」

リティはまだ甘え足りない様子の戦鳥から離れ、ランベールに向かって頭を下げた。

「そろそろ失礼したほうがいいですよね。話を聞いてくださってありがとうございました。殿下がおっしゃる通り、力不足だと言われるまでは頑張ります」

気持ちを新たに、リティが鳥舎を出ようとする。

しかしその前にランベールがリティの手首を掴んだ。

「なっ……なんですか？」

驚いたリティがランベールに顔を向ける。

思っていたよりも高い位置から見下ろされていると気づき、急に胸がざわついた。

（殿下って背が高かったのね。今まで意識したことがなかったから……）

揺れる視線が、ランベールのものと交わる。

その瞬間、リティの中に感じたことのない甘やかな想いが湧き上がった。

「あ……」

思わずこぼれた声は不安げにかすれていたが、別人のような艶を含んでいる。

急に気恥ずかしさを覚えたリティの頬が赤く染まった。

「まだなにかご用でしょうか……？」

「あ、いや……」

ランベールが自分でもわからないといった表情で、リティの手を解放した。

「まだ藁がついていると言いたかったんだ」

「そうだったんですね。教えてくださってありがとうございます」

無意識にリティはランベールから距離を取っていた。

貴族とは思えない落ち着きのなさで裾を払い直し、挨拶もそこそこにランベールのもとを逃げ出す。

鳥舎を出て西の邸宅に急ぎながら、リティは火照った頬を両手で押さえた。

（炎の妖精の加護があるって本当だわ……）

ランベールの熱がまだ手に残っている。

なぜあんなに熱い手を握っていられたのか、リティにはもうわからなかった。

妃になりたい気持ちを新たにしたリティだが、エリーズとの仲は依然として改善しないままだった。

リティからも話しかけようとしたり、ニナが間に入ってくれようとしたり、仲直りをしようと頑張ってはみたものの、エリーズのほうがそれを拒んだためである。

（結局、今日までうまくいかなかったわね……）

筆記試験を終え、結果発表の日を迎えたリティは、かたくななエリーズに寂しい思いを抱きながら部屋で待っていた。

試験のたびにどれだけの人数が落とされるのか明確でないこともあり、あの賑《にぎ》やかなニナでさえおとなしい。

瞳の色は黒に近い灰色に変わっている。少なくとも彼女にとって、結果を待つ今は楽しい時間ではないようだ。

変わらないのはデルフィーヌだけらしい。

彼女はつんとすました顔で難しそうな分厚い本を読んでいる。

(デルフィーヌのそういうところは尊敬する)

自分のベッドに座ったリティは、ちらりとデルフィーヌを盗み見てそう思った。

(試験なんて関係なく、いつも勉強しているもの。きっと努力家なのよね。意識の低い私に怒るのも当然だわ)

会話もなく時間が過ぎていく中、やがて扉をノックする音が聞こえ、候補者たちは一様に反応を示した。

「失礼いたします。試験の結果を伝えにまいりました」

また、イーゼル卿だった。

リティは喉がからからになるのを感じながら、今回の試験の結果が記された封筒を受け取る。

(これでだめなら、力不足だったということよ。でも私、自分にできることはしたわ)

震える手で封筒の中身を確認すると、手紙が入っている。

そこに書かれていた文字は、『合格』だった。

(やった……!)

喜ぶ気持ちは出さず、心の中に留めておく。

少しずつ候補者が減っている今、この中に不合格者がいてもおかしくはない。

（みんなはどうだったの……？）

おそるおそるほかの三人の表情を確認する。

それぞれ中身を確認していた娘たちは、一様に安堵を浮かべていた。

「今回の試験では優れた者とそうでない者の差がはっきりと分かれました」

封筒を持ってきたイーゼル卿が言い、デルフィーヌに目を向けてからほかの三人を見た。

「最も優秀な結果を収めたのはデルフィーヌ様です。そして、次点は……リティシア様でございました」

非常に苦々しい言い方も、今のリティは気にならなかった。

「私……？」

「ええ。この国の歴史をよく勉強なさったようで、殿下が大変お喜びです」

（殿下が喜んでくださった……）

イーゼル卿の言葉は皮肉だろうが、ランベールは違うだろう。

なぜならリティは、実際にランベールと会話をしているからだ。

彼ならば本当に喜んでくれたのだろうと、素直に信じられる。

「引き続き妃候補としてふさわしい振る舞いを心がけてください」

四人は同時に返事をした。

用事を済ませた女性が部屋を出ていくと、エリーズが立ち上がる。

それを見たニナが声をかけた。

「どこへ行くの？」

「外の空気を吸いに行ってきます」

エリーズを見送ったニナがベッドに勢いよくひっくり返る。

「あの感じ、エリーズも大丈夫だったよね？　だって安心した顔だったもん」

「たぶんね。じゃあ、ニナも？」

「うん。リティはさすがだね。デルフィーヌの次に優秀なんて」

「それを言うならデルフィーヌがすごいのよ。私、たくさん勉強したのに」

「……あんな簡単な試験、通って当然よ」

いつもは突っかかるだけのデルフィーヌが、ぽつりとつぶやくように言う。

「わたくしはいずれ妃になるべく、幼い頃から学んできたのよ。だからこのくらいできて当たり前」

「小さい頃から勉強してきたなら、もっとすごいじゃない。意外とあなたって努力家なのね」

デルフィーヌが驚いて目を丸くするも、すぐにそんな自分を恥じたのか、リティから顔を逸らした。

「べ……別にあなたに褒められてもうれしくないわ」

つんとした態度で言われ、リティはまた意外に感じた。

「もしかして照れて――」

言いかけたそのときだった。

話を聞いていたニナがはじかれたように立ち上がり、扉を開けて廊下を覗き込む。

「どうかしたの？」

「悲鳴が聞こえたの」

ニナがひどく切羽詰まった口調で言う。

その瞳はランベールほどではないものの、燃えるような赤に染まっていた。

その赤はどう見ても異常事態を訴えている。

リティは危険を察知した動植物が派手な警戒色を表すことを思い出し、背筋に冷たいものが流れるのを感じた。

「なに？　悲鳴って……」

妖精族《イリゼ》のニナは人間よりも耳がいいのかもしれないと、リティがいち早く反応する。

外の音に耳を澄ますと、遠くでか細い悲鳴が聞こえた。

「今の……」

「わたくしにも聞こえたわ」

デルフィーヌもニナに続いて廊下を覗き込む。

「試験の結果を認めたくない候補者でも現れたのかしら？」

あきれた様子でデルフィーヌが言い、ニナも肩をすくめた。

しかし次の瞬間、廊下から勢いよく老齢の使用人が飛び込んでくる。

「中庭で土人形《ゴーレム》が現れたという報告がありました！　速やかに城の大広間へ移動してください！」

使用人は必要なことだけ伝えると、すぐ次の部屋に向かって走り去った。

「ゴーレム⁉　どうしてそんなものが突然現れるのよ！」

ニナが甲高い声で叫ぶ。

「わからないわ。土で人形を作り出す能力を持った候補者なんていなかったはずよ」

「ねえ、早く逃げよう？　このままじゃ私たち、妃になるどころか殺されちゃう！」

「こういうときこそ冷静になりなさい。試験の一環かもしれないとは考えないの？」

デルフィーヌの言葉は混乱する娘たちの頭を冷やすのに、充分な効果を発揮した。

「そう……なの？　お城の人があんなに慌てていたのに……？」

「余計なことを考えるのはやめてちょうだい。大広間へ移動しろと言われたのだから行くだけよ。……三人で一緒に行きましょう」

（ゴーレムなら試験に出たばかりだわ。土から作られた強固な人形。土を形にする力がないと作れないし、命令もできないはず。今、残っている候補者に土の能力を扱える人は……）

一瞬だけ、大地に関連するブランシュの顔が頭に浮かぶ。

（荒れた土地を豊かにする能力は、ゴーレムを作る能力と違いすぎるわね）

そんなリティの腕をデルフィーヌが掴んだ。

「なにをぼんやりしているの。急ぎなさい」

「待って。エリーズはどうするの？　この騒ぎを知らないかも……」

「とっくに大広間にいるかもしれないでしょう。まずはわたくしたちの移動が先よ」

嫌な予感がするも、リティはデルフィーヌの指示に従った。

西の邸宅を出て無事に城へとたどり着いた三人だったが、大広間へ向かう途中の廊下はひどい騒ぎになっていた。

候補者たちだけでなく、使用人たちも慌てふためき駆け回っている。

そこに物々しい格好の騎士たちが事態の収束に当たろうと集まるものだから、こういった状況に慣れない令嬢たちは完全に混乱していた。

広い廊下には身動きが取れないほど人が集まり、あちこちから不安の声や悲鳴、泣き声があがる。

「ちゃんとついてきているわね⁉」

デルフィーヌのよく通る声が聞こえるも、本人の姿はとっくに人混みに紛れている。

「いるわ！　大丈夫よ！」

周囲の雑音に負けない大声で返したリティは、デルフィーヌの声がしたほうへと急いだ。

（これは試験なんかじゃないわ……）

なにかと小競り合いが絶えないクアトリーで育ったリティでさえ、こんな混乱に巻き込まれた経験はない。

（エリーズ……先に逃げているわよね？）

人が密集し、背中に汗が伝うほど暑いというのに、リティの手はひどく冷たくなっていた。

デルフィーヌの的確な指示と誘導によって大広間にたどり着くと、そこにはすでに大勢の候補者が集まっていた。

怯《おび》えたすすり泣きがそこかしこに響いている。

「皆、わたくしたちよりも早く避難していたようね」

張りつめていたデルフィーヌの声が少し緩む。

「大広間から締め出されなくてよかったー。あとは騎士団に任せれば解決かな？」

ニナの瞳の色も、今は穏やかな緑に変わっている。

「そうね。きっとこれでもう……」

ふたりに同意しようとしたリティは、はっと周囲を見回して凍りついた。

「エリーズは？」

「えっ」

「嘘でしょう……？」

ニナとデルフィーヌも辺りに目を向けるが、エリーズの姿がどこにも見当たらない。

リティはエリーズの名を叫んでみた。

「エリーズ！　いたら返事をして！」

しかし返事はない。

「私、探しに行くわ」

再びニナの瞳の色が不安を示す灰色に変化したのを見て、咄嗟にリティはそう言っていた。

「だめよ」

思いがけず厳しい口調でデルフィーヌが止める。

「なにかあったらどうするの？　騎士団に任せておきなさい」

「でも、もしエリーズが危ない目に遭っていたら？　そもそもゴーレムが現れたことを知らないのかもしれないのよ」

「だからといってあなたになにができるのよ。ゴーレムの身体に花でも咲かせるつもり？」

「それでエリーズを助けられるなら――」

「あなたは未来の妃になるかもしれないのよ。わかっているの？」

デルフィーヌがリティの肩をきつく掴んだ。

「ちょっと、ふたりとも！　喧嘩してる場合じゃ……！」

止めようとしたニナを無視し、デルフィーヌはリティをまっすぐ見つめる。

「優先すべきは王家とこの国。その次に自分よ。たったひとりのために危険に飛び込むなんて、王族のすることではないでしょう!」

妃候補として模範的な考え方だったが、今のリティにはその言葉をのみ込む余裕がない。

「友達を見捨てるのが王族にふさわしい姿なんだとしたら、私は妃になんてなれなくてもいいわ!」

そう言ってリティはデルフィーヌの手を払い、大広間を飛び出した。

(デルフィーヌが正しいのよ。わかっているけれど、私は王族じゃない)

もしもこれが本当に試験なのだとしたら、リティはここで脱落だ。

しかし、それでも止まれない。

(父さんや兄さんたちだったら絶対にこうする。だから私もティルアーク家の人間として同じように動くわ)

廊下の人混みは、リティたちが大広間へ向かっていたときに比べればかなり減っていた。

おかげで動きやすいものの、逆走するリティの姿はひどく目立つ。

「どこへ行くんだ!」

中庭へ向かおうとしていた騎士のひとりに呼び止められ、リティは振り返った。

「友達がいないんです！　紅茶色の髪をこのくらいまで伸ばした子を見ませんでしたか⁉」

「とっくに広間に避難しているはずだ！　君も早く――」

「いなかったのよ！」

リティは泣きそうになりながら叫ぶ。

「この騒ぎを知らないかもしれないの。だから……」

そのとき、奇跡か偶然か、リティの耳にエリーズの悲鳴が聞こえたような気がした。

「エリーズ……？」

「あっ、おい……！」

微かに届いた声を確かめるため、リティは騎士に背を向けて再び走りだした。

（こっちのほうから聞こえたはず……！）

いつの間にかリティは外に出ていた。

鳥舎まで来ると、繋がれた戦鳥たちが鳴き声をあげる。

いつもならリティを見てうれしそうな声を出すのに、今は空気から漂う異変を察しているのか、警戒しているときの緊迫した鳴き声ばかりだ。

キイキイと聞いていて気持ちがいいとは言いがたい鳴き声を聞いても、リティは鳥たちに気を向けていられなかった。

「エリーズ！」

鳥舎の脇のひらけた草地に、へたり込んだエリーズがいる。

少し離れた先には、禍々《まがまが》しいほど黒ずんだゴーレムの姿があった。

首が折れるほど見上げてもまだはるかに大きいゴーレムは、土と泥で作られているとすぐにわかる歪《いびつ》な出来だった。

ごつごつした肩や腰にあたる位置からは雑草が飛び出している。

どうやらそのあたりの土を適当に集めて形成された人形のようだ。

リティはすぐさまエリーズに駆け寄り、その場に膝をついて彼女を立ち上がらせようとする。

「わ、私……ひとりになりたくて。ここなら誰も来ないって言っていたから……」

「今はそんな話をしている場合じゃないわ。急いで大広間に逃げるの。立てる？」

エリーズは首を左右に振る。

「足に力が入らないんです」

その言葉を裏づけるように、彼女の身体は小刻みに震えていた。

「じゃあ、私が肩を貸すわ」

「待って、だめ……！」

エリーズが悲鳴をあげた瞬間、リティは振り返る前に彼女を突き飛ばしていた。

「うあっ……！」

リティの背中に重い衝撃が走る。

土嚢《どのう》で殴られたような鈍い痛みは、吹き飛ばされたリティの身体にゆっくりと広がっていった。

呼吸さえ忘れる生まれて初めての痛みに眩暈《めまい》を感じるも、そのまま地面に寝転がっているわけにはいかない。

歯を食いしばって振り返ったリティは、顔のないゴーレムが自分のほうを向いていることに気がついた。

（――怖い）

エリーズと同じく、リティの身体も震える。

しかし彼女はそれでも立ち上がり、ゴーレムと向き直った。

「ここに父さんたちがいなくてよかったわね。あなたなんて花壇の土にしてやったんだから……！」

ゴーレムが身体の動きを変え、リティに向かって一歩踏み出す。

（そうよ。エリーズじゃなくて私のほうに来なさい）

エリーズは今、まともに動けない。

それならば動ける自分が囮《おとり》になろうと咄嗟に判断したのだった。

「ほら、こっちよ！」

極限状態の中、リティの背中はずきずきと痛みを訴えていた。

その痛みが逆にリティの意識を覚醒させ、エリーズを守ろうという気持ちに火をつける。

「エリーズ！　今のうちに助けを呼んできて！」

「だめ……だめよ、リティ……！」

エリーズの泣きじゃくる声が聞こえると同時に、ゴーレムがリティに向かって腕を振り下ろそうとした。

（動きが遅いわ。これなら……）

よけようとしたリティだったが、急にずきんと背中が激しく痛む。

「あっ……！」

足がもつれ、リティの身体は再び地面に転がった。

ゴーレムの攻撃はぎりぎりのところでよけられたが、次は間に合わない。

絶好の機会を逃すまいと、再びゴーレムが腕を振り上げる。

(──嘘よ)

リティは呆然《ぼうぜん》とゴーレムを見上げた。

(だって私、まだなにもしていないわ……)

父や兄ならば、この状況からも打開策を見つけられたかもしれない。

だが、戦いの経験もなければ、こういうときに使える能力も持たないリティは、どこまでも無力だった。

「やめて──!」

縮こまったリティがあらん限りの声で叫ぶ。

すると、ゴーレムの動きが急に遅くなった気がした。

リティの脳内に勢いよく懐かしい映像が流れ始め、ちりちりと空気が凍りつくひそやかな音が響いた。

繊細で美しく、きらきらと輝くような音だ。

幼い頃、誰と一緒に寝るかで父と兄たちが揉めたこと。

花を咲かせるだけの能力しかないと落ち込むリティを、家族が温かく包み込んでくれたこと。

初めて戦鳥のヒューイと出会い、興奮したこと。

楽しい日々も、悲しい日々も、ありとあらゆる記憶が押し寄せる。

最後にリティの心に現れたのは、ランベールだった。

(もっと殿下と話したかった……)

家族との再会よりも、なぜかランベールとのささやかな会話を願う。

流れる走馬灯に覚悟を決めたときだった。

「リティシア！」

その声を聞いたリティは、考えるよりも先に頭を伏せていた。

直後、すさまじい轟音《ごうおん》と高熱が迸《ほとばし》る。

思わず息をのんだリティは、急激に熱せられた空気を吸い込んで激しくむせた。

なにが起きたかを確認するよりも早く、痛む身体を抱え上げられる。

「怪我は？　無事か⁉」

リティをゴーレムから守ったその人――ランベールが息を荒らげて言う。

「殿下……？」

「無事でよかった」

一拍置いて、ランベールがリティをきつく抱きしめた。

しかしリティは背中の痛みに顔をしかめ、ランベールの肩を弱々しく叩いて必死に訴える。

「せ、背中が痛いんです。ゴーレムに攻撃されて……」

「そうだったのか、すまない……」

ぱっとランベールが力を緩めるも、リティを離そうとはしなかった。

「すぐに医者に診せよう。自分で歩けるか？」

「ゆっくりなら、たぶん――」

「運んだほうが早いな」

「きゃあっ⁉」

突然横抱きにされたリティが悲鳴をあげる。

「安心しろ。俺の腕の中にいる限り、もう君に危険はない」

「そういう意味じゃなくて……！」

そこでリティはゴーレムの存在を思い出して、はっとそちらを見た。

表面が黒く焼け焦げたゴーレムが地面に倒れ伏し、なお動こうとしている。

しかしそこに騎士たちが集まり、剣を突き立てていた。

「核を破壊するのも時間の問題だ。おとなしく休め」

「待ってください、エリーズは……」

　気がかりだった友人を探すと、エリーズは騎士のひとりに保護されていた。

　彼女の泣く姿を見て安堵するリティを横抱きにして運びながら、ランベールが優しく問いかける。

「背中は？　痛まないか？」

　かなり気を使っているのか、動くだけで鈍痛を感じていた背中はまったく痛まなかった。

　代わりになぜか、リティの胸が痛みに似た疼きを訴える。

「……ありがとう、ございました」

　ランベールの質問に答えるのも忘れ、リティは心からの感謝を口にしていた。

　ゴーレムを打ち倒すほどの炎の能力を持つ者など、この国の王族以外にはいない。

　気が緩んだのか、美しい新緑の瞳から涙がこぼれる。

「殿下が助けてくださらなければ、今頃……私……」

「……もう大丈夫だ」

　ランベールがリティに優しく言い、そっと抱き寄せる。

安堵から思わず広い胸にすがり、腕を回して抱きついて泣きだしたリティだったが、ランベールはとがめなかった。


目を覚ましたリティは医務室にいた。

窓から差し込む光がやわらかいことから、ひと晩意識を失っていたのだと知る。

(殿下が運んでくださったのね……)

身体を起こそうとすると、誰かにそっと支えられる。

驚いたリティに優しく微笑みかけたのはブランシュだった。

「大丈夫……?」

「わざわざお見舞いに来てくれたのね。ありがとう……」

リティは顔をしかめながら、ブランシュの手を借りて身体を起こした。

ほっと息を吐くと、横から飲み物が入ったグラスを差し出される。

「お友達のためにゴーレムに立ち向かったそうね」

「……そんな立派なものじゃないわ」

軽く頭を下げることで礼を示し、リティはグラスを受け取った。

冷えているせいか香りは弱いが、どうやら紅茶らしい。

喉が渇いていたのもあり、ひと息に飲み干してしまう。

「立ち向かう力もないのに、あんな無謀な真似をすべきじゃなかったのよ」

エリーズを助けたいという気持ちはあったが、そこに慢心がなかったかと言われるとリティには自信がない。

自分はあの父や、兄たちのような、どんな危険も打ち払える強さと幸運を兼ね備えた人間だと、心のどこかで思っていたような気がする。

「……恥ずかしいわ。いろんな人に迷惑をかけて」

「そうよ」

ブランシュが厳しい表情で言い、リティの手から空のグラスを回収した。

「あなたが襲われたって聞いて、本当に怖かったんだから」

「ブランシュ……」

「もうこんな真似はしないって約束して。妃候補から脱落しても、命だけは失わないって」

ブランシュの目には涙が浮かんでいた。

「クアトリーを案内してくれるって言ったじゃない……」

ぽろぽろと泣きだしたブランシュにつられ、リティも鼻がつんとするのを感じる。

「ごめんね。ごめんなさい……」

謝るリティを、ブランシュがぎゅっと抱きしめる。

(心配してくれる人がいることを忘れちゃいけなかったのよ。私にとってエリーズが大事なように、ブランシュにとっても私は大事な友達だったんだわ……)

もっと早く気づくべきだったと後悔し、リティは何度もブランシュに謝った。


ブランシュが立ち去った後、改めて医者に診てもらったリティは、自室へ戻ることを許されていた。

部屋にエリーズの姿はない。

代わりに心配した様子のニナとデルフィーヌが、リティの姿を見た瞬間ぱっと立ち上がった。

「殿下に助け出された後、気を失ったのよ」

駆け寄ったデルフィーヌの声には明らかに安堵の響きがある。

顔を覗き込むニナの瞳の色は薄い青と緑を交互にちらつかせていた。

大丈夫なのかという不安と、無事でよかったという安心が彼女の中で渦巻いているのがよくわかる。

「ずっと目を覚まさないから、デルフィーヌと心配してたの」

「わたくしは心配などしていなくてよ」

「ごめんね、ふたりとも。ありがとう」

「殿下に感謝するのね」

デルフィーヌが押し殺した声で言う。

「今度から人の忠告を聞くべきよ。もう少しで……死ぬところだったと聞いたわ」

「……そうね。あなたの言葉が正しかったわ」

リティは壁にもたれ、自分の手のひらを見つめる。

「なにもできないくせにあんな真似をするなんて。どうなってもおかしくなかった」

「だけどリティのおかげでエリーズは救われたよ。だから無駄じゃなかった」

ニナがそっと付け加える。

それを聞いてリティは、エリーズの姿を探して周囲を見回した。

「エリーズは無事なのね？」

「うん、でも……」

「妃選びについて思うところがあったようよ。ここにはいないわ」

ニナが濁した言葉をデルフィーヌが引き継ぐ。

「そういう子、ほかにもいるみたい」

「……ゴーレムが現れたせいなの？」

リティが問うと、ニナがうなずいた。

「こんなの、歴代の妃選びで初めてだって。炎の妖精になにかあったのかも」

「それはどうかしら。ゴーレム討伐は殿下のお力によるものだと聞いたけれど」

デルフィーヌが難しい顔をして、窓から外を見る。

「たまたまゴーレムに襲われたエリーズを見つけて、危ないところを殿下に助け出されるなんて、幸運なんて言葉じゃ言い表せないほど運がいいのね」

耳が痛くなるほど明確な皮肉に、リティはなにも反論できなかった。

「私も一生に一度の奇跡を使い果たしたと思うわ」

襲いかかるゴーレムを思い出したリティの身体がふるりと震える。

（あれが走馬灯なのね。まるで時間が止まったかのようだった）

「私たち候補者を狙った誰かの仕業なのかなぁ」

ニナのなにげないつぶやきが、リティを重い気持ちにさせる。

「その可能性はあるわよね。だってゴーレムは人の力でなければ作り出せないものなんだから」

「——馬鹿馬鹿しい」

　ぴしゃりと否定したのはデルフィーヌだった。

　ふたりを見ようともせず、窓の外を睨みつけている。

「なんのためにそんな真似をするというの？」

「それはほら、邪魔な候補者を消して自分が選ばれようとするとか」

　振り返ったデルフィーヌがニナに歩み寄り、見下ろした。

「そんな家畜にも劣る卑しい考えの人間が、未来の王妃になれると思って？」

「そこまでしてでもなりたいんだよ。こういうのってどろどろしてるものじゃん？」

　ニナの言葉には妙に実感がこもっていた。

　それでいて本人は軽い口調で、瞳の色を鮮やかな黄色に変化させている。

「うちも、お家騒動ですごくてね。種族として誰が長になるか……って、人間にはあんまりこういう悩み、ないのかな？」

　ニナは溜息をつくと、リティとデルフィーヌを順番に見てから苦笑いした。

「だから私、ギスギスすると具合が悪くなっちゃうんだ。喧嘩してるところを見るのは悲しいし、つらいよ」

「だったらなぜ、妃候補になったのよ。どう考えても向いていないじゃない」

「父が妖精族《イリゼ》の長にふさわしいって、種族のみんなに証明するため」

デルフィーヌはそれを聞いてなにか言おうとした。

しかし結局なにも言わず、口を閉ざす。

「……そんな事情があって候補者になったのね」

リティもニナが妃になりたい理由を聞くのは初めてだった。

「人間以外の種族には多い理由だと思うよ。自分たちの種を認められたいとか、そういうの。だから妨害のために人を傷つけようって思うのも、別におかしな話じゃない」

じわりと滲《にじ》むように、ニナの黄色い瞳が薄い灰色で塗りつぶされていく。

「ひどい話ね。だからって誰かを傷つけてもいいと思う人たちのことなんて、理解したくないわ」

「……そんな人間が選ばれるわけないじゃない」

一瞬、リティは誰の発言かわからなかった。

そのくらいデルフィーヌの声は弱々しく、頼りなさげだったからだ。

「ま、そうじゃないことを願いたいよね。こんな危なっかしい場所じゃ、妃選びどころじゃないもん。殿下より先に、助けてくれた騎士に恋しちゃいそうじゃない？」

空気の重さを気にしたのか、話を振った張本人のニナが茶化す。

「そうなったら辞退しなきゃ。騎士様と結婚しますって」

リティもニナに乗っかった。

彼女の瞳に浮かぶ灰色を見て、ニナが『ほかの候補者を害そうとする候補者がいる』という考えを信じていることに気がついたからだった。

「……くだらないわ。低俗な小説の読みすぎではなくて？」

先ほどの弱々しさを消し去り、デルフィーヌがいつもの調子で鼻を鳴らす。

「あ、デルフィーヌもそういう小説を読むんだー。おすすめは？ 妖精族《イリゼ》が出てくる作品はある？」

「わたくしが知るわけないじゃないの」

重苦しい空気が消えたのを感じ、リティはベッドから抜け出た。

「まだ寝てたほうがいいんじゃない？」

「そうよ、無理をすべきではないわ。また迷惑をかけるつもり？」

「エリーズに会いに行こうと思ったの」

リティは身だしなみを整え、髪を軽く手櫛で梳く。

「ちゃんと話せなかったままだから。それに心配だし……」

「行ったところで、なにも変わらないわよ」

デルフィーヌの言葉はこれまで通りきつかったが、リティはあまり気にしなかった。

「忠告をありがとう。でもまた聞かないでおくわね」

「……馬鹿な子。エリーズなら書斎で役員たちと話しているわよ」

リティはくすっと笑うと、部屋を後にした。


書斎へ向かったリティだったが、役員との話を終えて廊下へ出てきたエリーズの提案で中庭へ出ることになった。

リティは話したい気持ちが同じだと知ってうれしくなるも、外へ出てからもエリーズは口を開こうとしない。

明るい陽射しの下で、ふたりは騒ぎなどなかったかのようにのんびりと散歩した。

やがて、沈黙に耐え兼ねたリティがとうとう口を開く。

「あなたが無事でよかった。怪我をしたら妃候補として残れないものね」

「……そのこと、なのですけど」

立ち止まったエリーズが自分の胸に手を当てる。

「私はもう妃候補ではありません」

「えっ……どういうこと？　てっきり筆記試験の結果は合格だと思っていたけれど」

「ええ、おかげさまで。ですが、先ほど辞退してきたんです」

「そんな、どうして」

リティの曖昧な態度を怒ったのは、デルフィーヌだけでなくエリーズも同じだった。妃になりたい気持ちが強いと思っていただけに、リティの頭は真っ白になる。

「もしかして見えないところに怪我をしているの？　気づかなくてごめんなさい。ええと、どこか座れる場所……」

「違うんです。私の心の問題ですから」

そう言ったエリーズがリティを見つめて唇を噛む。

「助けに来て、くださったのに」

今にも泣きそうな声でエリーズが言った。

「私……あなたが怪我をすれば、自分が妃に一歩近づけるんじゃないかって……」

必死に涙をこらえようとしている様子だったが、叶わなかった。

エリーズが顔をくしゃりとゆがませてぼろぼろと泣き始める。

「友達に……そんな、思うなんて……」

「泣かないで、エリーズ……」

リティは思わずエリーズを抱きしめていた。

「ごめんなさい……。ごめんなさい、リティさん……」

「いいの。ずっと試験のせいで追いつめられていたものね。私こそ、呑気な態度を取ってごめんなさい。いなくなればいいって思われても仕方がないわ」

慰めるリティだが、エリーズが泣きやむ気配はない。

それどころかリティをぎゅっときつく抱きしめると、声にならない声をあげてますます泣きじゃくる。

「あんなの……ただの八つ当たりです。私の力が足りていないだけなのに……」

「私の気遣いが足りていなかったの。あなたを追いつめたのは私のようなものよ」

エリーズに対する罪悪感がリティの胸を満たしていく。

だからそれ以上声をかけられず、黙ってエリーズに付き合った。

ゆっくりと時間が過ぎていき、やがてエリーズが落ち着きを見せ始める。

ひくりと喉を鳴らしたエリーズが顔を上げると、リティは持っていたハンカチで彼女の濡《ぬ》れた頬を優しく拭った。

「これで仲直りよ、エリーズ」

「……私を許してくださるの？　ひどいことを考えたのに」

「じゃあ聞くけれど、今も私が怪我をしてしまえばいいと思っているの？」

エリーズが勢いよく首を左右に振る。

「でしょう？　ほんの一瞬、気の迷いが出ただけよ。私も父さんが鬱陶しくて、どこか遠くに行っちゃえばいいのにと思ったことがあるわ」

「……あなたは人がよすぎます。怒っていいのに」

やっと涙が止まったらしく、エリーズは自分のハンカチを取り出して目尻を拭った。

「あなたのような人が妃になれば、きっと殿下も幸せになれるでしょうね」

リティの心臓が小さく音を立てる。

昨日、助け出されてからランベールには会っていない。

「……そうだったらいいわね」

「今も妃になりたいとは思っていないんですか？」

リティは浅い呼吸を繰り返し、エリーズを見つめて首を横に振った。

「なりたいわ。これもエリーズからすれば許せないかもしれないけれど……殿下が背中を押してくださったから」

「殿下が……？　あなたに頑張ってとおっしゃったの？」

「うん。だから頑張りたい。それに……」

エリーズと喧嘩している間、リティは鳥舎でランベールと話をした。

あの日、ランベールに言われた言葉と手の熱さは今も鮮明に思い出せる。

「もう少しだけでいいから、殿下と話をしたいわ。知らないことがたくさんあるもの」

「……やっぱりあなたのほうが私よりも妃に向いていますね」

しみじみと言われるも、リティにはその理由がわからない。

「どうして？」

「私はそんなふうに考えたことがありません。殿下に気に入られなければと思うばかりで、あの方がどんな方なのか知ろうともしませんでした」

エリーズはじっとリティの目を覗き込んでから、急に晴れやかに笑った。

そのはずみに、まだ残っていたらしい涙がほろりと落ちる。

「私もほかの候補者たちも、殿下をノルディア王国の王子として見ています。でもあなたは違うんですね。ランベール様という、ひとりの人間として見ているのだわ」

エリーズの言葉は驚くほどリティに衝撃を与えた。

（だから、なのかしら。あの夜、殿下の話し方が変わったのは……）

ランベールはリティと話したとき、自分を『私』ではなく『俺』と言った。

あまり気にしてはいなかったが、あの瞬間、彼は王子としての自分ではなく素を見せていたのかもしれない。

「だとしたら、あなたは最後まで残らなければ。殿下のために」

そう言うと、エリーズは不意に周囲を見回した。

そしてリティに顔を寄せ、声をひそめる。

「……どうか、気をつけてください。今回のゴーレムは候補者を狙ったものかもしれないと話しているのを聞きました」

ニナもそんな話をしていた、とリティは表情をこわばらせた。

「候補者の中に、そのような能力を持つ方はいないそうです。つまり、外部の人間がかかわっている可能性が高いんです」

「……妃になってほしい候補者のために、あんな真似をしたというのね？」

「ええ。候補者の誰かと結託しているのかもしれません。きっとこれから、そういった動きが大きくなっていくでしょう。今回の事件で辞退者が続出しているとも聞きましたから」

リティには、ほかの候補者たちが辞退を申し出る気持ちがわかる気がした。

あんな恐ろしいゴーレムとやり合わねばならないときが来るかもしれないと思うと、逃げ出したくなる。

「そんな悪人を殿下の妃にはさせられないわ。やっぱり私がならなくちゃ」

「そのときはハスケル家があなたの力になります。助けが必要になったら、いつでも呼んでください」

さっきまで泣きじゃくっていたとは思えないほど凛とした態度で言い、エリーズはリティの前に膝をついた。

「エリーズ！」

驚いたリティが名を呼ぶも、エリーズはうつむいたまま地面を見つめている。

「私、ハスケル家のエリーズはリティシア・クロエ・ティルアークに忠誠を誓います」

「やめて！　私、忠誠なんて望んでな――」

「それと、永久《とわ》の友情も」

付け加えられたひと言には、何物にも代えがたい深い想いがこもっている。

顔を上げたエリーズの顔には明るい笑みが浮かんでいた。

「どんなときでも、友達でいさせてくださいね」

「エリーズ……！」

ふたりは再び熱い抱擁を交わし、今度はリティも少しだけ泣いた。

◇◇◇

「殿下」

中庭に面した回廊を通りかかったランベールは、友情を確かめ合うふたりに気づき、声をかけようとした。

しかしその前に、とげのあるイーゼル卿の声が鋭く突き刺さる。

「ランベール殿下」

「……なんだ？」

「候補者とは適切な距離を保つよう、お伝えしたはずでしょう」

イーゼル卿の視線がエリーズではなく、リティシアに向けられる。

「彼女をゴーレムからお救いになったとか。御身の危険も顧みずに」

「見殺しにするべきだったと言いたいのか？」

基本的に他人に対しては穏やかに接するランベールが、敵意を滲ませるのは珍しい。

だが、イーゼル卿に対してだけは感情を殺しきれない事情があった。

「あなたはリティシアがここへ来た当初から気に入らない様子だったな。すべての試験において、リティシアにだけはずっと最低評価を下してきた」

「殿下の妃にふさわしくない者を、正しく評価しているだけです」

「私と面会する日を彼女だけ極端に遅くしたのもそれが理由か？」

「時期を早めたところで、どうせすぐにいなくなるのだから無駄になるだけでしょう」

この事実をリティシアは知らないし、ランベールも教えるつもりがない。

前向きに頑張ろうとしている彼女に、立場を利用して足を引っ張ろうとする者がいるとは言いたくなかったからだ。

「なにか、問題がございますか？」

いっそ不気味なほど、イーゼル卿は堂々としていた。

仮にも目の前にいるのはこの国の王子だというのに、まったく遠慮する気配がない。

それどころか、「こんな若造が」と見下しているのが伝わってくる。

「……自分の立場を今一度考えるべきだ。妃を選ぶのはあなたではなく、夫となるこの私だということを忘れるな」

「お言葉ですが、殿下。私もまた、妃を選ぶ役員のひとりでございますので」

実に嫌みっぽい言い方がランベールの神経を逆なでする。

しかし、彼はここで感情をあらわに声を荒らげるような人間ではなかった。

「それは失礼した。たしかに役員のひとりである以上、あなたには『有益な』意見を述べる権利があるな」

痛烈な皮肉を返したランベールに、イーゼル卿は返事をしなかった。

ふっと鼻で笑うだけにとどめ、かつかつと耳障りな足音を立ててランベールの横を通り過ぎようとする。

すれ違うその瞬間、イーゼル卿はランベールにしか聞こえない声でささやいた。

「あの候補者のために、選考員を説得して回っているとか。辺境地域の現状を調査した結果を材料に、中央の意識を改善したいとも訴えているそうですね。広い視点を持つのは大変結構。ですが……結果は変えさせませんよ」

ランベールがなにか言うよりも先に、イーゼル卿はすぐにその場を立ち去った。

いつの間にかリティシアとエリーズの姿もなくなっている。

「……変えさせない、だと」

やわらかな日差しの中、つぶやいたランベールの瞳は激しい怒りに燃えていた。

「国のための結婚だと言いながら、自分たちの利益のことしか考えていない害獣が」

イーゼル卿は自分が推薦した候補者を妃にすることで、その関係者との結びつきを深めて自分の後ろ盾とし、今よりも権力を得ようとしている。

これ以上軽んじられるわけにはいかなかったが、議会にいる年長者たちは若いランベールの言葉をそう簡単に聞こうとしない。

だから、ランベールは候補者たちの知らないところで必死に抗い、戦っていた。

今はまだ国王がいる手前、彼らは表立って妙な真似をしようとしないが、いずれ若いランベールが王になったときには一斉に牙をむくのだろう。自分たちの私腹を肥やすために。

唇を噛むランベールの耳に、革靴の足音が聞こえた。

最近、なにかとそばを離れることが多いジョスランが駆け寄ってくる。

「うわ、なんかありました？　すごい顔ですけど」

「気に入らん虫に逃げられただけだ」

ジョスランはなにか察した表情になるも、話を掘り下げようとしなかった。

その理由をランベールは知っている。

忠実な騎士はランベールの絶対的な味方だが、今回の妃選びに関しては違う。

なぜかあのイーゼル卿と同じ考えを持っているらしく、とある候補者を妃に選ぶよう幾度も口にするのだ。

ランベールはすべてを知ったうえで、ジョスランに尋ねた。

「もし、俺が『彼女』を妃に選んだらどうする？」

『彼女』が誰を示しているのか、ジョスランにはわかるはずだった。

「そりゃあ祝福しますよ」

いつものジョスランと変わらない軽快な物言いだったが、ランベールは彼の瞳が無感情な光を宿していることに気づいていた。

「そうか」

ランベールはそれだけ言い、ジョスランに背を向けて歩き始める。

「そうだ、殿下。ゴーレム事件のことなんですが……」

ジョスランが意図的に話を変えたのはランベールにもわかっていた。

妃選びに、妙な事件。そして暗躍する腐敗した貴族たち。

「……頭の痛いことばかりだな」

ランベールは苦い顔でぽつりとつぶやいた。

悪意の色

故郷を離れて初めてできた友と別れてからも、寂しさに浸る余裕はなかった。

最初は百人いた候補者も、ゴーレム事件を経て十二人までに減っている。

候補者たちは激減したが、勝負はここからが本番だった。

「我が身かわいさに逃げ出すような者に、ノルディアの国母が務まるはずがないわ」

デルフィーヌの辛辣な物言いに、リティは少しむっとする。

「自分を守れなければ、なにも守れないのよ。逃げることは恥ではないと、父や兄も言っていたわ」

大切なのは生き残ることだと、リティは家族から繰り返し教えられている。

もっとも、その大事な教えが頭から吹き飛んだのが例のゴーレム事件なのだが。

「そんな卑しい命を守って一生の恥を背負うくらいなら、妃として立ち向かって死ぬべきよ」

「なんですって？ 死んでしまったらなにも残らないのよ」

ベッドがひとつ空いた部屋で、リティとデルフィーヌの間に火花が散る。

しかしふたりの言い合いが激化する前に、ぱちんとニナが手を鳴らした。

「はいはい、そういうのは嫌いだって言ったよね？　喧嘩するなら私のいないところでやって。じゃないと、ふたりとも吹き飛ばしちゃうよ」

怒った顔で瞳を金に染めたニナが、指先に風の塊を作り出す。

「わかったから吹き飛ばすのはやめて。この後、勉強会があるでしょう？　また遅れたら、学ばせてくれなくなるかもしれないわ」

リティが言うと、ニナはふんと鼻を鳴らしてから風の塊を消し去った。

候補者たちが減った今、食事以外は自由時間だったはずの彼女たちの一日の予定はかなり忙しないものになっていた。

朝から晩まで、未来の王妃として必要な教育を叩き込まれるようになったのだ。

何人もの教師がかわるがわる候補者たちの授業を担当し、礼儀から教養まで厳しく教えるのだが、ついていけている生徒は今のところデルフィーヌだけである。

鳥舎の手伝いに行けないリティは、勉強がうまくいかないもやもやを発散できず苦しんでいたが、それも次の試験が発表されるまでの話だった。

「それにしても、次の試験はどうなるんだろうね」

機嫌を直したニナが、ベッドに座って言う。

「みんな別の班になっちゃったし。あーあ、デルフィーヌと一緒がよかったな。そうしたらなんの心配もなさそうだもん」

「わたくしを頼ろうとしないでちょうだい。たとえ同じ班になったとしても、あなたに楽をさせるつもりはないわ」

次回の試験は個人の戦いではない。

候補者たちは三人ひと組になり、ノルディアの特産品である〝リコバ〟という果実を、他国の王族に〝魅〟せるのだ。

リコバは環境の変化や厳しい寒さに強く、あまり野菜や果物に恵まれないクアトリーでも比較的手に入りやすい果物である。

(デルフィーヌはいつも一番の成績を収めてきた。同じ班になった人たちがうらやましいわ。とはいえ、負けられないけど)

リティは残念ながら、ふたりとは違う班になっている。

せめて農作物に詳しいブランシュと一緒ならと思ったが、彼女も別の班だった。

(今回は評価が低かったふた組が落とされる。その中に選ばれるわけにはいかないわ)

同室の候補者が三人も残っているのはリティの部屋だけだ。

それもきっと、次の試験までの話になる。

勉強会が終わると、次の試験に向けた作戦会議が始まる。

リティたちの班はまず最初に調べ物を行っていた。

リコバに関して、農業や調理の経験もなく、果実の知識にも乏しい令嬢たちが額を突き合わせたところで、思いつく内容には限界がある。

だから先にリコバという植物について知識を得てからにしよう、とリティが提案したのだった。

無策では戦いには勝てないと、彼女の父や兄たちが言っていたからである。

そのために図書室へ向かったリティだったが、迷路のように入り組んだ本棚の陰からブランシュが現れて驚いてしまった。

「ごきげんよう、ブランシュ。調べ物は進んでる？」

「正直に言うなら、芳しくないわ。どこにでもあるからこそ、当たり障りない情報しか見つからなくて」

「やっぱり図書室の本を片っ端から読むしかないと思う？」

「時間はかかるでしょうけど、確実よね。わたくしも頑張るわ」

候補者たちに与えられた時間は、たった七日だ。

短い時間をうまく使い、審査する人々に成果を見せなければならない。

「のんびり話している時間もないでしょうし、もう行くわね。お互い、全力を尽くしましょう」

「ええ」

ブランシュを見送ってから、リティは彼女が出てきた一角にある本棚を見た。

（ん……？）

並んでいる本はノルディア王国の地理や、各地域の土地の詳細、山や川の位置や取れる鉱物がまとめられたものばかりだった。

（植物とは関係ないものに見えるけど……。もしかしてリコバに関する特別な情報を知っているの？）

ブランシュが本当に『当たり障りない情報しか見つかっていない』かどうか、リティには判断する術《すべ》がない。

（ここを調べれば、ブランシュが掴んでいることがわかるかも……）

そう思うも、リティは本棚に背を向け、その場を離れた。

これまでに何度か訪れた植物学の本がまとめられた本棚の前で立ち止まり、自分の頬をぱちんと叩く。

（焦っちゃだめ。私は私のやり方でやろう）

リティは背伸びをして棚にある本を取り出した。

赤い装丁の分厚い本を開き、索引からリコバの名を探す。

（この本もはずれ）

誰もが知る果物だからこそ、育て方から調理方法まで、本の中から情報を探すのは容易だった。

リコバは子供が野生化した実をおやつ代わりに食べる一方で、王族の食卓にも供される。甘い味わいに大きな違いはないが、調理次第では極上の甘味と化すらしい。

（調理するのはいいとして、問題はそれでなにを作るかよね。たしかアメリアがお菓子を作ろうと言っていたけれど……）

アメリアはリティと同じ班で、ニナに負けないくらいお喋りが好きな娘だ。

（みんなは今までお菓子どころか、料理を作った経験もないはず。私だって大したものは作れないし）

実家にはたった三人しか使用人がいなかったリティにとって、簡単なスープを作ることと付け合わせの芋を蒸《ふ》かすくらいなら造作もない。

ただしあくまで不可能ではないというだけで、他国の王族に提供できるような料理となるとお手上げだ。

（果物と言われたら、食べるものとして考えるのは当然だわ。だけどそれが想定されている試験だとしたら？　もっとほかの活用方法を見つければ、独自性を出せるかもしれない。……トリスタン兄さんだって、帯電能力を音声伝達能力に昇華させているんだから）

無骨な長兄を思い出して、引き結ばれていたリティの唇がほころんだ。

（兄さんたちは元気にやっているかしら。父さんもそろそろ私がいない生活に慣れているといいのだけど）

リティは本を閉じ、もとあった場所に戻した。

玉石混交《ぎょくせきこんこう》の情報を精査し、頭に入れるのは骨が折れる作業だったが、知識を積み上げる感覚は素直に楽しい。

夢中になって本を読みあさっていたリティは、何冊目になるかわからない本を棚に戻してから大きく伸びをした。

（ちょっと休憩しよう。そろそろ頭の中が溢《あふ》れちゃう）

外へ出ようと、本棚の間を抜ける。

すると、図書室の入口にほど近いテーブルにデルフィーヌの姿があった。

（あなたほどの人でも調べ物をするのね）

傍らにはどっさりと本が積み上げられている。

デルフィーヌはリティにも気づかないほど、一心不乱に見知った情報を紙に書き写していた。

（違うわ。デルフィーヌほどの人だから調べ物をするのね。絶対に間違わないように）

リティはデルフィーヌが苦手だ。

しかし彼女が、いかなるときでも未来の王妃にふさわしくあろうと、努力を怠らない姿は尊敬している。

外へ出るためにはデルフィーヌの横を抜ける必要があった。

邪魔にならないよう気配を殺して扉に向かうリティだったが、なにげなくデルフィーヌの手もとを見てしまい、小さく声をあげてしまった。

「それ、間違っているわ」

黙っていられずに続けると、さすがにデルフィーヌが気づく。

デルフィーヌはリティを見た瞬間、上品に顔をしかめた。

「勝手に人の書きつけを見ないでちょうだい」

「ごめんなさい、目に入ってしまって。ねえ、そこに書いてある内容は青いインクで書かれていた本のものじゃない？」

「だとしたら、なんだというの？」

「あれは古いほうの本なのよ。新書版がたしか……ちょっと待っていてね」

リティはきびすを返し、先ほどまでいた棚へ戻った。

しばらくして茶色い装丁の本を持ってくると、デルフィーヌのそばに置く。

「同じ著者の本よ。こっちが後に書かれているから、内容にも違いがあるの」

デルフィーヌは驚いた表情を見せるが、すぐにまた眉根を寄せた。

「あなたに教えられなくても、自分で見つけていたわ」

「だけどそうするまでには時間がかかるでしょう？」

デルフィーヌは答えず、リティが持ってきた本をじっと見つめている。

（余計なことをしたかな……。でも試験まで時間がないし）

「あなたはなぜ、まだここにいるの」

顔を上げたデルフィーヌがリティに問う。

「妃にはなりたくないと言っていなかった？」

「なりたくないとまでは……。いろいろと考えることもあったし、この間のゴーレムの件も忘れられそうにないから」

ゴーレムの攻撃を受けた背中は、もうすっかりよくなっている。

最初は首をひねっていた医官も『あのマルセル様のご息女ならばありえるかもしれませんね』と謎の納得をしていた。

「ニナが言っていたこと、あなたも聞いたわよね。自分が妃になるために、ほかの妃を傷つけようとしている人がいるかもしれないって」

「わたくしは馬鹿馬鹿しいと返したはずよ」

「あの後、エリーズにも同じ忠告をされているの」

「それで？　あなたがここに残る理由と関係があって？」

「そんな卑怯な真似をする悪人を、殿下の妃にするわけにはいかないわ。それなら私がなったほうがいい」

エリーズにも伝えたそれを、デルフィーヌは鼻で笑った。

「相変わらず考えているようでいて、自分の意思がないのね」

「……なによ、それ」

褒められると思っていたわけではないが、あからさまに馬鹿にされるとも思っていなかった。

むっとしたリティを見上げ、デルフィーヌは持っていた羽根ペンをテーブルに置く。

「わたくし、最初からあなたが気に入らなかったわ。なにも背負わず、妃候補に選ばれたくせにへらへらしてばかりで」

「私は……っ」

なにか言おうとしたリティだったが、言葉が出てこない。

明確に『気に入らない』と言われた衝撃は、想像していた以上にリティを傷つけた。

「わたくしはいずれ王妃となるためにここへ来たのよ。そうでなければならないから」

「たしかに私はあなたほど決意して来たわけじゃないわ。だけど、自分なりに考えてここにいるの。そうじゃなかったら、家族の反対を押しきってまで来ない」

「……そう。あなたは家族に望まれずに候補者になったのね」

直後、デルフィーヌはリティの肩を突き飛ばした。

「わたくしは望まれて来たのよ」

リティを突き飛ばした力は、それほど強くない。

しかし、リティにとっては明確に敵意を示されたのが衝撃的だった。

「わたくし、あなたが嫌いだわ」

呆然とするリティをその場に残し、デルフィーヌは手早くテーブルの上を片づける。

そしてそのまま、一度もリティを見ずに図書室を出ていった。

試験の準備に集中しようと努力したリティだったが、夜になってもデルフィーヌの言葉が頭から消えなかった。

こうなったらとことん考え事をしようと鳥舎へ向かうと、夜だというのに鳥丁たちの姿がある。

（なにかあったのかしら……？）

不思議に思うリティのもとへ、藁を運んでいた若い鳥丁が駆け寄った。

「悪いね、リティ。今はゆっくりできないと思うよ」

年が近いのもあり、彼はリティと一番仲がいい。

最初はお互いに敬語を使っていたが、今は友達の関係だ。

デルフィーヌが見たら、妃にふさわしくないとまた顔をしかめるに違いない。

「もしかして誰か怪我をした子がいるの？　それとも病気？」

かわいい戦鳥たちを心配するリティだったが、鳥丁は首を左右に振った。

「ううん、もうすぐ卵が孵《かえ》りそうなんだ。だからみんなばたばたしてる」

「えっ、卵なんて知らないわ！　いつから？　どの子が産んだの？」

「リティが来る前の話だよ。違う場所に移してたんだ」

若い鳥丁が指で指示した方向には、鳥舎の中でも特に気性の荒い雌の戦鳥がいた。

不思議とリティにはよく懐いたため、なにかと面倒を見ていた鳥である。

「私に手伝えることはある？」

自分の悩みも忘れ、リティは袖をまくっていた。

「藁を運べばいい？　それとも水なんかを用意したほうがいいのかしら？」

「声をかけてやってくれるかい？　外は怖くないよって」

「それなら簡単だわ。任せて」

リティは急いで鳥舎の中に入った。

慣れ親しんだ鳥丁たちが、彼女の顔を見て安堵の表情を浮かべる。

「リティが来てくれたなら安心だな」

「卵を見てやってくれよ、リティ。朝からずっとこの調子なんだ」

どうやら孵化《ふか》の準備が整ってからかなりの時間が経っているらしい。

「もしかしたら中で成長しきれていないのかもしれない。だが、これ以上卵の中にいたら栄養を取れなくて死んでしまう」

リティは深くうなずくと、敷きつめられた藁の上にある卵の前に膝をついた。

きれいな藁が積まれているためか、辺りにはふんわりと太陽の香りが漂う。

「これが戦鳥の卵なのね……」

両手で抱えるほどの大きさをした卵の中からは、かりかりという音が聞こえている。雛はとっくに目覚めているようだ。

「ねえ、聞こえる?」

こつこつ、とリティの声に応えるように内側から殻を叩く音がする。

いつもは騒がしい鳥舎だが、戦鳥たちは新しい雛の誕生を見守っているのか、やけに静かだった。

「みんな、あなたを待っているのよ。もちろん私もね。挨拶する準備はもうとっくにできているわ。いつでも出てきて大丈夫よ」

リティがそっと手を伸ばし、卵に触れる。

(温かい……)

手のひらに命のぬくもりが広がった。

微かな鼓動を感じ、リティの胸が感動に震える。

「大きくなったあなたが空を飛ぶところを見てみたい」

ノルディアの冷たい風を切って翔《か》ける若い戦鳥が脳裏に浮かんだ。

再び雛がこつこつと内側からくちばしで殻を叩くのを感じ、リティも外から優しく叩いて応えた。

リティの声がきっかけか、それともちょうど準備ができたのか、ぱきりと固い音がすると同時に卵の一部が剥《は》がれ落ちる。

「卵が……！」

鳥丁たちの興奮の声も、今のリティの耳には入らない。

「頑張って」

徐々に卵の殻が割れ、しっとりと濡れた雛が顔を覗かせる。

ぴ、と鳴き声がした。

その途端、様子を見ていた戦鳥たちが歌い始める。

「ねえ、これって……」

「新しい家族を歓迎してるんだ。でも、ここまで歌声が揃うのは初めて聞いたよ」

鳥丁たちも神秘的な歌声に感嘆の息を漏らした。

そうしている間にも雛は卵の殻を破っていく。

(手を貸してあげたいけど、きっとだめなのよね)

雛の孵化を成鳥が手伝わないのはそういうことだろうと判断し、はらはらしながら見守る。

やがて時間をかけて殻を破った雛は、頭にかけらをくっつけたままついに外へ飛び出した。

「ピイ！」

成鳥たちとは違う甲高い声をあげた雛が丸い目を開く。

うっすらと膜の張った目は銀と見紛う灰色だ。成長過程で徐々に黒くなっていくのだろう。

濡れた身体は銅色《あかがね》。羽根が乾けばもっと鮮やかな真紅になるはずだ。

「おはよう。それともおめでとうと言うべき？」

リティが話しかけると、雛は首をかしげる。

それからくちばしを開いて、また鳴いた。

「無事に生まれてよかった。生きた心地がしなかったよ」

振り返ったリティは、最年長の鳥丁の手にある木の椀《わん》を見て驚いた。

そこに入っていたのは、リティたち候補者を悩ませているリコバの実だったからだ。

雛が無事に生まれた感動も忘れ、椀の中身を示して尋ねる。

「これはリコバの実よね？　どうして？」

「どうしてって、雛にやるんだよ。今はまだ生の肉を食えるほど準備ができていないからな。最初に滋養たっぷりのこいつを与えるんだ」

言われてみると、鳥が木の実を食べるのはなにもおかしな話ではない。しかし成鳥のヒューイとばかり接していたリティには、頭を殴られたような衝撃だった。

鳥丁は雛にリコバの実を食べさせながら、親切に説明を続ける。

「ノルディアに馬よりも戦鳥が多いのは、氷に適応した生き物だからというのもあるが、なによりリコバの実が豊富な土地だからさ」

「考えたこともなかったわ……」

「戦鳥がリコバを運び、リコバが戦鳥を育てるという。雛が食べきれなかったリコバは新しい地に根づき、また新しい戦鳥を育てるために大きくなるからだな」

雛は大喜びで次々にリコバの実をのみ込んでいた。

リティのこぶしよりひと回り小さい実をひと口でのみ込んでは、くちばしの端から果汁を滴らせて甘えた声をあげている。

「種まで食べさせて平気なの？」

「自然界の戦鳥は、お上品に種なんて抜かないと思うぞ」

「……それもそうね。でも、お腹《なか》を壊したりしない？」

「むしろ人と同じように与えると、成長が止まるな。種にも栄養があるのかもしれん。

体調を崩した鳥はリコバの根を掘って食うと言うし」

「戦鳥とリコバがそんなに深い関係だとは思わなかったわ」

「まあ、普通に生きていても耳に入ってこないだろうなぁ。特にあんたのようなお嬢さんは」

ほら、と鳥丁がリティの手に実を握らせる。

「こいつもいずれ、この国を守る翼として雪空を舞う日が来る。人間を受け入れられるよう、あんたの手からも食べさせてやってくれ」

「ええ、ちょうどやらせてって言おうとしていたところよ」

リティは手のひらの中にある丸い実を見つめ、雛に差し出した。

「いっぱい食べて大きくなってね」

雛はまったく警戒せずにリティの手から実を食べた。

(リコバは実だけじゃなくて種や根も利用できるのね。きっと試験で役立つわ)

うれしくなったリティがもうひとつ与えようとすると、歌っていた戦鳥たちが急におとなしくなる。

「なんの騒ぎだ？」

背後から聞こえた声が、リティの呼吸を一瞬だけ止める。

反射的に立ち上がって振り返ると、ランベールともうひとり、淡紅色の髪をした騎士が向かってくるところだった。

息を切らしてやってきたランベールはすぐリティに気づき、視線をさまよわせる。

「なぜ君がここに？」

リティもまた、ランベールの顔を直視できず地面に視線を向けた。

「雛の孵化にたまたま立ち会えたんです」

「……そういえばそんな話も聞いていたな」

ピイピイと雛の鳴き声を聞いたランベールが苦笑して、一歩後をついてきた騎士を振り返った。

「どうやら誕生の瞬間には間に合わなかったらしい」

「残念ですが、殿下の事情は雛に関係ありませんので」

リティは初めて見る騎士をまじまじと見つめた。

視線に気づいた騎士が胸に手を当て、きれいな所作で頭を下げる。

「ランベール殿下の護衛騎士を務めております、ウェルボーン家のジョスランと申します」

不躾《ぶしつけ》な視線を送っていたと気づいたリティも、はっとしてすぐに会釈する。

「ティルアーク家のリティシアです」

「ああ。よく存じ上げております」

「ジョスラン」

なにか言いかけたジョスランをランベールが素早く止める。

「余計なことは言わなくていい」

「……別におかしなことは言いませんよ？」

そのやり取りからは、ふたりが気心知れた仲だというのが垣間見えた。

(殿下にもお友達がいらっしゃったのね。ご挨拶できてよかったわ)

ランベールはジョスランを軽く見やると、リティの背後にいる鳥丁に声をかける。

「これからは雛の面倒も増えて大変だろう。人の手が必要ならば言ってくれ。私のほうから父上に伝えよう」

「ありがとうございます。でしたら、あとふたりほど鳥舎に回していただけないでしょうか？　私が雛の専属担当になるので、その代わりの人員を補充していただけると大変助かります」

「わかった。ほかに古くなった備品があれば言うといい」

「よいのですか？」

「もとから戦鳥の管理には予算を回すべきだと言い続けていたんだ。十数年ぶりの雛の誕生をきっかけに、頭の固い議会の連中には考えを改めてもらおう」

ランベールがいたずらを企んだ子供のようににやりと笑う。

鳥丁たちの表情がぱっと明るくなるのを見て、リティも頬を緩ませた。

「戦鳥たちの環境がもっとよくなるなら、こんなに素敵なことはありませんね」

「相変わらず君は戦鳥のことばかり考えているんだな」

からかい交じりに言ったランベールとリティの目が合うも、リティはすぐ気まずくなって逸らしてしまった。

（さっきから変だわ。殿下の顔を見られない）

目の前にいると思うだけで、リティの鼓動は速くなった。

顔に熱が集まる理由もわからず、ますますどうしていいかわからなくなる。

ふたりが妙にぎこちないのを見たジョスランが目を細めた。

なにか言いかけるも、その前に若い鳥丁が話しかける。

「殿下、せっかくですからほかの鳥たちも見てやってください。運動不足の奴らもいるんで、ちょっとくらいなら飛ばしても大丈夫ですよ」

「いや、私は――」

「リティも久々なんだから見ておいでよ。もふもふ不足だろ?」

「えっ。そ、そうね。そうだけど……」

リティはためらってから、おずおずとランベールを見上げた。

「ご一緒してもよろしいですか……?」

「あ、ああ。もちろんだ」

固くなりながら答えたランベールがリティに手を差し出す。

以前、手を握り合ったことを思い出したリティの顔がさらに赤く染まった。

「え、と、あの」

「この距離でエスコートは必要なかったか。悪い」

彼らしくない早口で言うと、ランベールはさっと手を引っ込めた。

「エスコートだったんですね! すみません、勘違いしてしまいました」

「え……。あ、いや、勘違いさせて悪かった」

なかなか動きだそうとしないふたりを、事情を察した鳥丁たちがほのぼのと見守る。

その間、ジョスランはリティから目を逸らそうとしなかった。

「とりあえず……行こうか」

「はい、よろしくお願いいたします」

ランベールはもう手を差し出さなかった。

リティはそれを残念だと思いながら、歩き始めた後ろ姿に続く。

その後、ふたりは鳥舎にいる戦鳥たちを触って回った。

雛が誕生して興奮状態にあるのか、どの鳥もやけに首回りの羽毛をふくらませており、実に『もふもふ』し甲斐がある。

リティが勢いよく羽毛に顔を突っ込むのを見てランベールも真似をしたり、以前「尻の羽毛のほうがふわふわしている」というリティの言葉の真相を確かめたり、ふたりは充実した時間を過ごした。

ふわふわの感触をたっぷり堪能した後、ふたりは鳥舎の入口に一番近い戦鳥の前で止まった。

「この子もやけにふわふわしていますね」

「孵化が影響しているのかもしれないな。戦鳥については、まだわからないことのほうが多いが」

「ここにいられるうちに研究しておきたいです。この子たちについて詳しくなれたら、いつか鳥丁になれるかもしれませんから」

ランベールの視線が戦鳥からリティに移る。

「妃よりも鳥丁のほうが魅力的か？」

「難しい質問をなさらないでください。正直に答えたら不敬だと叱られてしまいそうです」

「つまり鳥丁のほうがいいんだな。ひどい候補者もいたものだ」

笑ったランベールにつられてリティもくすりと笑い声を漏らした。

そんなリティをランベールの穏やかな眼差しが包み込む。

「……よければ、戦鳥に乗せてやろうか？」

「えっ！　いいのですか！」

興奮気味に言ったリティを、またランベールが笑う。

「ほかの候補者には言わないでくれ。君以外を誘うつもりはないから」

「それは光栄ですね。殿下に戦鳥が好きだとお話してよかったです」

「……そうだな」

ランベールはリティの承諾を得ると、すぐに鳥丁たちに話を通しに行った。

鞍《くら》や鐙《あぶみ》といった馬具——ではなく鳥具が用意され、あっという間に空の旅の準備が整う。

「手を」

先に鳥の背に乗ったランベールがリティに手を差し伸べる。

またその手を意識してしまったリティは、緊張した様子でランベールの手をそっと握った。

「きゃっ……」

勢いよく鳥の背に引っ張り上げられる。

リティはランベールの前に座ると、一気に高くなった目線に気づいて息をのんだ。

「た……高いですね……」

「手もとの羽毛を掴めば大丈夫だ。手綱は俺が動かすから、君は触らなくていい」

「わかりました……」

こわごわと目の前の羽毛を掴んでみる。

意外としっかりした感触で、簡単には抜けそうにない。

(痛がっていないようだし、これなら……)

思わぬ安定感に安堵したリティだったが、背後のランベールを意識してすぐにそれどころではなくなった。

「大丈夫だ。君だけは落とさない」

ランベールの声は、あまりにも近すぎた。

しかもリティは今、ランベールに後ろから抱きしめられている。リティの身体を支え、落ちないように固定するためだ。

（心臓が壊れちゃいそう）

空を飛ぶ前から目を回しかけているリティをそのままに、戦鳥が鳥舎を出て大きな翼を広げる。

そして驚くほどなんの抵抗もなく空に飛び上がり、荒い気性に似合わない優雅さで空を舞う。

手を伸ばせば星が届きそうだった。

（なんて素晴らしいの……）

地に足をつけていては絶対に経験できない感動に打ち震え、リティは一瞬だけ背中のぬくもりを忘れる。

「ちゃんと目を開けているだろうな」

しかしランベールの声が耳のすぐそばで聞こえたため、また硬直してしまう。

「だっ、大丈夫です」

いつの間にか地面ははるか下にあった。

リティはどきどきしながら下を覗き込み、畏怖にも似た感情を覚える。

（世界の広さに比べたら、私ってなんて小さいのかしら）

戦鳥の乗り心地は最高としか言いようがなかった。

ほとんど揺れず、翼を動かす音も思いのほか静かで気にならない。

頬をなでる風はかなり冷たいが、今のリティにはちょうどよかった。

「少しは気が紛れたか？」

ランベールが器用に手綱を操りながら言う。

「どういう意味ですか？」

「こんな時間に鳥舎にいたのは、また悩み事があったからだろう？　いくら君でも、いつ始まるかわからない孵化を待つとは思えない。平常時ならともかく、今は妃選びの最終段階だからな」

それを聞いたリティの胸がぎゅっと締めつけられた。

（私のことを理解してくださっている……）

答えようとしたリティの喉がふるりと震える。

胸がいっぱいで、すぐには声が出てこなかった。

「殿下には……隠し事ができませんね」

視線を落としたリティは、戦鳥の羽毛を掴む手に力を込める。

「自分で考えて行動しているつもりでしたが、もしかしたら違うのかもしれません」

「……なぜ、そんなふうに思った？」

「殿下の妃になりたい理由を考えてみたんです」

リティを抱きしめる腕がぴくりと反応した。

「役に立ちたいというのが一番だと思うんですが、認めたくない人を妃にさせたくない気持ちもあって……」

「……目的のために手段を選ばない人です」

「認めたくない人？」

「それはいけないことなのか？」

ランベールが慎重に言葉を選びながら言う。

「ノルディアのためにも手段を選ばず尽くすという考え方もできるだろう」

それを聞いたリティはすぐに答えなかった。

（本当に国のためにそこまでできるのなら、誰よりも妃に向いている人と言えるのかもしれない）

ランベールがリティの考え方に批判的なわけではないということはわかる。

リティが想定している悪人を擁護するつもりも、当然ないだろう。

「でも……ごめんなさい。私はやっぱり嫌だと思ってしまいます」

ゴーレムから逃げ惑う人々の恐怖の顔と、怯えた声。

ひとつ間違えれば、エリーズは大怪我をしていたかもしれなかった。

「私にとって殿下は尊敬できる方です。今だって、私を気遣って戦鳥に乗せてくれました。だから、妃も尊敬に値する人であってほしいです」

これまでリティは何度もランベールの優しさに助けられてきた。

そのたびに感じた温かい気持ちがよみがえる。

「だったら……」

風が吹きつける音に、ランベールの声が交ざる。

「君が俺の妃になるか？」

「え……」

リティは振り返ろうとしたが、騎乗中だと思い出してやめておく。

「今、なんて……」

「……悪い。忘れてくれ」

リティが自分の鼓動をこんなにうるさく感じたのは生まれて初めてだった。

（聞き間違い？　でも、忘れてって……）

この距離ではきっとうるさい鼓動をランベールに気づかれる。

なのにリティは、胸の高鳴りを止めることができない。

「もう一度……聞かせて、くれないんですか」

「……ああ」

戦鳥の背中はこのまま眠れるほど快適なのに、手綱を握るランベールの手がリティの身体をぎゅっと抱きしめた。

落ちないように支えるためなら、こんなに優しく包み込む必要はない。

「……すまない」

小さな声が耳に入った瞬間、あんなにうるさかった鼓動の音が聞こえなくなる。

「俺に選ぶ自由さえあれば……」

リティの身体に回った腕に力がこもった。

「最初は変わった人だと思っていた。自分よりも家族や好きなものの話ばかりして……。役に立ちたいと願っているのは、よほど愛されて育ったからだろうと。家の駒になるしかない俺や、俺の知る貴族たちとは違ったのが珍しかった」

抱きしめられているせいでリティの背にランベールのぬくもりが伝わる。

同時に、リティ以上に速くなっている鼓動も。

「君は誰かを『道具』として見ない。……それがうれしかったんだ」

一度は我慢したリティだったが、耐えられずにランベールを振り返った。

冷たい風の中に、人のぬくもりを宿した吐息を感じる。

それがわかるほど、ふたりは近い距離にいた。

「殿下……」

「今だけでいいから、名前で呼んでくれないか」

星がきらめく夜空も、普段は絶対に見られない上空からの景色も、大好きな戦鳥のふわふわの羽毛も、リティの目には入ってこなかった。

「ランベール……様」

いくら許されたとはいえ、ランベールの名を呼ぶのはリティにとってかなり勇気のいる行為だった。

しかし、初めて口にした言葉の響きの甘さが緊張を溶かしてしまう。

(私……ランベール様が好きなのだわ)

ついにリティは自分の気持ちをはっきりと自覚した。

「……こんなに近くであなたの目を見たのは初めてです」

熱く、温かく、眩い炎の瞳から目を逸らすことができない。

「君の瞳はきれいだな。初めて話したときからずっと思っていた」

ランベールの顔が近づくのを感じて、リティは無意識に目を閉じていた。

この先のことは知らないのに、そうすべきだと本能が悟ったからだ。

触れる寸前、ランベールがリティの名を呼んだ。

「リティシア」

「俺は、君が──」

抱きしめ返せない状況をもどかしく思うほど、胸が切なく痛みだす。

リティがランベールの声に集中していたそのときだった。

「クァルルル」

ふたりが騎乗していた鳥が大きな鳴き声をあげ、首を左右に振る。

「わっ」

リティが咄嗟に前を向き直して鳥の羽毛を掴み、ランベールが素早く手綱を操る。

「こら、落ち着け」

ふたりの間に漂っていた甘い空気が流れて消えてしまう。

急に逆らい始めた鳥をそのままにするわけにもいかず、ふたりは小さなもどかしさと恥ずかしさを抱えて地上に降り立った。

◇◇◇

リティシアとの短い空の逢瀬《おうせ》を終えたランベールは、彼女を西の邸宅まで送り届けた後、邸内に入るまでその背を見送った。

それに気づかないジョスランではなく、自分より小指一本分背の低いランベールを見下ろして言う。

「好きなんですか？」

「ああ」

ランベールはごまかさずに自分の想いを伝えた。

「初めて出会ったときから特別だった」

「……物珍しいだけじゃなかった、と」

「そう思い込もうとしていただけだ」

こんな話を衛兵に聞かれるわけにはいかず、ふたりは城に向かって歩き始めた。

「……あのまま、どこかへ連れ去ってしまいたかった」

ランベールが頭上に目を向けてつぶやく。

つい先ほどまで、ランベールの腕の中にはリティがいた。

今はそのぬくもりがないせいで、ひどく寒く感じる。

「殿下」

「わかっている」

ジョスランの言葉を遮って、ランベールは首を振った。

「たとえ心惹かれていても、俺の結婚はこの国のためのものだ」

ランベールは唇を噛みしめると、自分の胸もとをきつく掴む。

「だから変えようとしている。俺の未来を、他人に決めさせはしない」

血を吐くような苦しい響きを孕《はら》んだ声は、ジョスランしか聞かなかった。

西の邸宅を充分に離れ、城と王都を繋ぐ橋の前にある円形の広場に出る。

しばらく黙っていたランベールだが、ここでようやく口を開いた。

「未来のためにも、例の解決が優先だ」

「やっぱり先日のゴーレムは『炎の間』の封印を解くための陽動でしょうかね」

「そうだろう、とは思うが。問題は誰の仕業かだな」

ゴーレム騒ぎの裏でなにがあったのか、国の中枢にかかわるものしか知らない。

凍らない湖の上に佇《たたず》む城のどこかには、炎の妖精がいる——。

おとぎ話のように語られているそれは、事実だった。

城の真下、湖の奥深くに『炎の間』と呼ばれる場所がある。

そこは巨大な泡に包まれた広間で、人知を超えた力によって封じられており、王族と、王族に許された者だけを受け入れた。

ゆえに、炎の瞳を持つ者たちは封印を破ろうとした侵入者の存在にすぐ気づく。

それはノルディアに生きる民が持つ妖精の祝福と同じく、理屈で説明できない神秘の力によるものだった。

「広間に続く回廊への扉も厳重に管理されていたはずだ。そもそも、どうやってそこを見つけ出し、警護をくぐり抜けたのだと思う？」

「当時、警護を担当していた騎士たちは騒ぎの最中でも持ち場を離れませんでした。かすり傷ひとつ負わず、しかも侵入前後の記憶が曖昧となると……」

「ここに騎士たちを無力化する能力を持つ者が潜んでいるわけだ」

城に勤める者たちが持つ能力は、城内の学者によって管理、記録される。

騎士たちをかいくぐった能力に当てはまる者の存在も当然調査されたが、該当する者はいなかった。

「あの場にいた騎士の中で、ひとりだけ『ひどくまぶしかった覚えがある』と言っていたことが気にかかります。雷系の能力か、あるいは……光を操る能力かだと思いますが、殿下の意見は？」

「同意見だ」

答えてから、ランベールはジョスランをまっすぐ見つめる。

「光といえば、ひとり当てはまる者がいるな」

「……違いますよ」

幼い頃から付き合いのデルフィーヌを示され、ジョスランが固い口調で答えた。

「彼女は光を操り、幻影を見せられる。騎士たちを無傷で突破するにはうってつけの能力だ」

「そんな馬鹿な真似をするような女じゃありません」

ジョスランの表情が苦々しいものに変わる。

「こんなことをすれば、自分の望むものが手に入らないことをよくわかってます」

「未来の王妃の座か？」

「まあ、間違っちゃいませんが」

煮えきらない態度に引っかかりを覚え、ランベールが首をかしげる。

「デルフィーヌがなにを求めているのかを知っているんだな」

「一回だけ聞いたもんで。でも言いませんよ。忘れたことになってるんです」

「……お前はそれでいいのか？」

なにに対しての質問なのか、語らずともジョスランにはわかっている。

「俺は殿下の騎士ですから」

答えになっていなかったが、ランベールはそれ以上問いつめようとしなかった。

「妃候補者の中に、能力を偽っている者がいるかもしれませんね。もしくは、隠しているか」

ジョスランが話題をもとに戻すと、ランベールの口もとに苦笑が浮かぶ。

デルフィーヌの話になるとすぐ話題を逸らしてしまう自身の癖を、この忠実な騎士は気づいていないのだろう。

「ありえない話ではないな」

城仕えをする者に比べれば、妃候補たちの管理は甘い。

ランベールは最初のパーティーや、対面で話した際に令嬢たちが明かした能力、家門と顔をすべて記憶しているが、彼女たちの持ち得る力が本当にそれだけなのかまでは把握できていなかった。

「あるいは妃候補が手引きした者だ。こちらのほうがより現実的な話だな」

すでに暗躍している者がいる時点で、とランベールは言外に含ませる。

「今、残っている候補者が怪しいってわけですよね。最初から炎の間……というか、炎の妖精目当てで潜り込んだとか」

「そうだとしたら、ずいぶんと用意周到だな」

「俺が怪しいと思ってる候補者、聞きます？」

「……参考までに言ってみろ」

ジョスランはランベールに促され、すぐに答えた。

「リティシア嬢です」

「……そうか」

「偶然が重なりすぎなんですよ、あの候補者は。本来の候補者が辞退して、たまたま推薦権を持つ貴族から推されるなんてありえます？　しかも妙に殿下と近しい関係にある。殿下と過ごした時間は、本当に偶然によるものでしたか？　彼女が策略を働かせないのだと言いきれます？」

「言いきれない」

ひどく固い口調で言ったランベールだったが、顔には苦渋の色が浮かんでいる。

「わずかでも可能性がある以上、俺はこの国の王子としてリティシアを疑わないわけにはいかない。しかし、彼女はあのマルセル殿の娘で、推薦者はかつてノルディアを侵略者から救ったロベール殿だ。ふたりの兄も中央まで名が轟くほど、戦果をあげている。この国にとってなくてはならない人たちばかりだ」

「周囲の人間が善人でも、悪人に育つ場合もありますよ」

「それを言うなら、逆だってありえる。……第一、そもそも俺は彼女がそんな人ではないことを知っているんだ」

「騙《だま》されているかもしれませんよ。現に殿下は彼女にご執心ですからね」

「ジョスラン」

普段と違う雰囲気で名前を呼ばれ、ジョスランが訝《いぶか》しげに眉根を寄せる。

「お前より、俺のほうが彼女に詳しい」

「……だから疑うなって言うんですか？」

「違う」

ランベールが再び自身の胸もとを掴んだ。

本当にリティシアが敵で、なんらかの目的を持ってランベールに近づき、感情を操作しているのだとしたら、彼女に抱く想いのすべてが嘘になる。

「この気持ちを汚さないでくれ」

「……彼女が純粋に殿下を慕うお嬢さんであることを願いますよ」

ランベールは常日頃から、たとえ敵に対しても公平でなければならないと自分に言い聞かせている。

だから乳兄弟とたったふたりきりのときであっても、リティシアだけは誰よりも信じられると言葉にできなかった。

そのリティシアこそが、ランベールが己に課した『候補者には平等に接するべきだ』という決まりを破る原因にもなっているのだが。

「誰を信じればいいのか、引き続き調べていけばわかる。そうだろう？」

ええ、とジョスランが苦い顔をした。

「戦鳥の鳴き声が、『不審者を見つけたから』だったらよかったんですがねえ……」

「まさか雛の誕生を喜んでいただけだったとはな」

ふたりは自室に戻らず、再び敷地内の巡回を始める。

候補者たちが容疑者にあがっているからこそ、ランベールはこの役目を騎士だけに任せられなかった。

◇◇◇

試験の日がやってきた。

リティの班が広間に入室すると、そこには審査員としてランベール以外にも数人の姿があった。

国王夫妻であったり、王妃の教育係であったり、かなり豪華な顔ぶれだ。

さらに発表を終えた三組の候補者たちも見守っている。

リティも含め、候補者たちは緊張しながらもそれを表に出さない。

（私、頑張ります）

ランベールはリティを見ているが、その眼差しはあくまでいち候補者に向けるものでしかなかった。

しかしそれが逆にリティのやる気を奮い立たせた。

「それでは、紹介を」

驚いたことに試験を促したのは王妃だった。

ランベールの母とは思えない厳しい顔つきだが、目もとは似ている。

その隣の国王は、ランベールの二十年後の姿と言われても納得するほどそっくりだった。

ただ、王族を示す炎の瞳はランベールよりもずっと穏やかだ。

「……大丈夫よ」

リティは班員に声をかけ、布にくるまれたものを王妃の前に運んだ。

略式で礼を済ませ、『それ』を覆っていた布を取り払う。

「これは……？」

「リコバの種でございます」

大理石の小箱にちょこんと置かれているのは、なんの変哲もない茶色い種だ。

「これまでの候補者たちは実の紹介をしたが、そなたたちは種を紹介すると？」

「いいえ、リコバのすべてを紹介いたします」

リティの喉は緊張でからからに乾いていた。

説明係として班員の中から選ばれたのは、リティの能力が今回の発表で最も重要になるからである。

「まずは種を利用した品からご覧ください」

リティが振り返ると、班員が審査員たちに小さな丸い器を渡していった。

中には独特の香りをした液体が入っている。

「こちらはリコバの種から搾った油です。ほんの一滴で料理に風味を与えるだけでなく、さらに加工すれば肌をなめらかに仕上げる化粧品となります」

「まあ、化粧品に？」

狙い通り、美容に気を使っていると噂《うわさ》の王妃が興味を示した。

「はい。リコバはノルディアの冷たい土地でもたくましく成長する、非常に強い植物です。これまでは実を食すことがほとんどでしたが、種や根、葉や花にも多くの栄養が含まれており、利用価値があります。その栄養を幼い頃にたっぷりと食べて育った戦鳥が、この国で欠かすことのできない存在だというのはご存じでしょう」

説明しながら、リティは審査員たちに見せた種に集中する。

(ゆっくりと咲いて)

リティが願うと、触れてもいないのにリコバの種がぴくんと動いた。

「まず……リコバの若葉には粘性の高い水分が多量に含まれています」

集まった人々の目の前で、種が微かに震える。

そして次の瞬間、茶色い種皮を破って青々とした新芽が現れた。

「やはりあなたの力は優しくて温かいな」

驚く審査員たちの中で、ランベールがリティに声をかける。

「ありがとうございます」

ふたりで戦鳥に乗った特別な夜の思い出がリティの胸によみがえった。

(殿下がそう言ってくれたから、この試験で使おうと思えたの)

その後もリティは説明を続けた。

合間に班員たちも自分の能力を操り、葉から引き出した水は凍らないことや、花に一定の刺激を与えると得も言われぬかぐわしい香りを発することを伝える。

美しさを強調するために凍らせた満開の花を渡すと、国王は氷の力を扱った候補者に賞賛の声を贈った。

(力を貸してくれてありがとう。あなたの美しさが永遠に続きますように)

リティは凍りついた花に、心の中で礼を言う。

「私たちはここにいる誰よりも、リコバの魅力を知っています。どうかふさわしい栄誉をお与えください」

胸を張ったリティは班員と並んで審査員たちに頭を下げた。

見守っていた候補者のほうから、ぱちぱちと拍手が聞こえる。

誰よりも早く、目を輝かせて手を叩いたのはブランシュだ。

(ありがとう、ブランシュ)

それを皮切りに、最初はまばらだった拍手が大きな響きに変わった。

「終わったぁ」

リティは自室に戻るなりベッドに飛び込んだ。

「お疲れ。すごかったじゃん」

一緒に戻ってきたニナが言い、リティのベッドに座る。

「あれは負けても納得だよ。デルフィーヌもそう思うでしょ？」

「あれだけの利用価値を提示できたのは素直に素晴らしいと思うわ。でも、学者の研究発表ではないのよ。あれを他国の王族に披露できて？　なにを地味なことをと笑われてもおかしくなくわ」

そう言うデルフィーヌの発表は、ニナの話によるとリコバを使った料理が次から次に提供され、実に豪華絢爛《ごうかけんらん》だったようだ。

「デルフィーヌはリコバの実の効能を伝えるっていうより、完全に賓客への出しものとして扱ってたもんね。私もあの熱くて冷たそうなやつ、食べたかったなあ」

「なあに、それ。そんなものを出したの？」

つい先日、デルフィーヌに嫌いだと言われたリティは、どきどきしながらいつも通りを装う。

しばらくデルフィーヌを避けるような真似をしてしまったが、肝心のデルフィーヌはこれまでと変わらない態度でリティを見た。

「わたくしの班はリコバの実を使ったこれまでにない料理を提供したのよ」

普通に話してくれたことに、驚くほど安堵する。

改めてリティは、自分がデルフィーヌを苦手だと思っていても嫌ってはいないのだと思った。

「じゃあ料理できる人がいたのね。私の班でもお菓子を作ったらって話が出たんだけど、作れる人がいなかったのよ」

「オリーという子が調理を担当してくれたの。あの子、美食家《ノトール》だったのよ」

「えっ、すごい。じゃあ間違いなくおいしかったんでしょうね」

美食家と呼ばれる種族は人間に非常に酷似しているが、味覚が人間の数十倍から数百倍発達している。

しかし彼らが料理にこだわる理由は自分たちが食べるからだけではない。

この種族は他者の感情をつまみ食いする変わった習性があった。

ゆえに、最も美味とされる喜びや幸せの感情を得るために、極上の料理を供して他者の感情を分け与えてもらうのだ。

「あーあ、やっぱりデルフィーヌと同じ班がよかったよ。個人対決は絶対したくないけど、班員なら心強いもん」

「あなた、調子がよすぎてよ」

ぴしゃりと言うデルフィーヌだったが、嫌がっている様子はなかった。

「ニナの班はなにをしたの？」

「リティたちのところにちょっと似てるよ。リコバの花や葉を使って薬を作ったの」

「ニナは自分が活躍できるものにしたのよ」

デルフィーヌが横から口を挟むと、ニナがぶんぶんと首を横に振った。

「そんなんじゃないって！　変な言い方しないでよ、もう！」

「あら、慌てて否定するあたり怪しいじゃない」

「たまたま薬効があるって気づいたからこうなったのー！」

目の色をくるくる変えて、ニナが誤解を解こうとする。

その様子があまりにも必死だったから、リティはくすくす笑った。

「それに薬だけじゃなかったよ！　王妃殿下のために美容水を作って――」

言いかけたニナが不意に声を詰まらせる。

困惑した表情でリティになにか言おうと口を開くも、声が出ていない。

「どうしたの？」

ベッドから起き上がると、リティはすぐニナの顔を覗き込んだ。

「あ、ぅ」

ニナの瞳の色が、一瞬で真っ赤に染まる。

ゴーレムの話を聞いたときと同じ、警戒色だ。

リティがそれに気づくと同時に、ニナがどさりとベッドに崩れ落ちる。

「ニナ！」

喉をかきむしるニナの呼吸が、どんどん浅くなっていった。

「どうしたの⁉　ねえ！」

「人を呼んでくるわ！」

デルフィーヌがはじかれたように部屋を飛び出す。

そうしている間もニナは呼びかけに応えず、苦しそうに自分の喉を押さえていた。

「ニナ。お願い、返事をして。ニナ……！」

突然の事態に理解が追いつかないリティの目の前で、ニナの瞳の色が目まぐるしく変化する。

赤い色が多いことから、リティはやはり彼女が危険を訴えているのだと青ざめた。

「ニナ、ニナ……っ」

しかしなんの言葉も引き出せないまま、不意にその瞳が真っ黒になる。

そしてニナは、動かなくなった。

最初から、決められていた

異変が起きたのはリティたちの部屋だけではなかった。

ほかの候補者も倒れ、無事なのはデルフィーヌの班員とリティの班員だけだという。

「ありえないわ」

デルフィーヌとふたりきりになったリティは、猛烈な怒りに燃えていた。

「ニナの班が使った材料に毒草が紛れていた？　そんなの絶対にありえないのよ！」

落ち着きなく室内を歩くリティを、うつむいたデルフィーヌは止めなかった。

「デルフィーヌも知っているでしょう？　ニナの家には大きな薬草園があるのよ！　それなのに毒草と薬草を見間違えた？　毒草に気づけない？　おかしいじゃない！」

幸い、ニナは中毒症状が起きてから対処されるまでの時間が早かった。

ほとんどの候補者が実質ひとり部屋状態で生活していることを考えると、これは奇跡と呼んでもいい速さだった。

そしてニナの異変があったからこそ、ほかの候補者たちへの対応も素早く行われたのである。

「妃に選ばれたい何者かの仕業としか思えないわ」

リティはデルフィーヌの前を行ったり来たりしながら、ぶつぶつとつぶやいた。

顔を合わせれば挨拶する程度の仲だった候補者たち。

その中でも特に親しかったニナは、こんな形で退場することとなった。

「……許せない。ゴーレムのときもそうよ。一歩間違っていたら誰かが……」

ふと、リティは足を止めた。

いつもならなにか言ってくるであろうデルフィーヌが、うつむいたまま黙っている。

「どうしたの？　もしかしてあなたも具合が悪いんじゃ……」

「違うわ」

デルフィーヌが勢いよく立ち上がったため、リティは自分のベッドにひっくり返りそうになった。

「……違うの」

弱々しく告げたデルフィーヌの顔色がひどく悪い。

「違うってなにが……」

「わたくしにかかわらないで」

「えっ……待って、デルフィーヌ！」

リティが止めるのも聞かず、デルフィーヌは部屋を出ていった。

「なにが起きているの……？」

わけもわからず、リティはその場に立ち尽くす。

（エリーズもニナもいない。あなたまでいなくならないでよ）

孤独がリティを包み込み、心細さをかき立てる。

嫌われていても、今はデルフィーヌにそばにいてほしかった。


その後、毒草の影響を受けた六人の候補者たちはなんとか回復したが、妃候補を辞退せざるをえない状態だったために全員が城を離れた。

別れのときにはニナも笑顔を見せていたものの、杖《つえ》がなければ歩けないほど弱っている姿は痛ましかった。

（残った中に、ニナをあんな目に遭わせた人がいる）

ニナは立ち去るときにリティとデルフィーヌへ祝福の言葉を贈った。

『私がだめなら、もうふたりしかいないよ。お妃様になったら、私を一番の友達って紹介してね。……絶対、負けないで』

納得できない形で離脱させられたニナを思うと、リティは目の前が真っ赤になるほどの怒りを覚える。

（ここに残らなきゃいけない理由が、またひとつ増えたわ）

次の標的が自分かもしれない不安よりも、友人を傷つけられた怒りのほうが大きかったリティは、しばらくかっかした日々を送っていた。

そんな中で気になったのは、デルフィーヌの様子だ。

今日もリティはささくれ立った心を癒やそうと、勉強会の後に鳥舎に来た。

そこにはデルフィーヌがいる。

ニナがいなくなってから、たまに顔を合わせるようになった。

「デルフィーヌ」

リティが呼ぶと、デルフィーヌの肩がびくりと跳ねる。

振り返った彼女の顔色は悪く、少しやつれていた。

「最近、ここでよく会うわね。戦鳥の癒やし効果を理解したってところかしら？　成鳥に興味はなくても、雛のかわいさはわかるとか？」

わざと明るく話しかけるも、デルフィーヌの反応には以前ほどの力がない。

「……あなたには関係ないでしょう。わたくしに話しかけないで」

「もう同じ部屋の仲間はあなただけなのよ。それなのに話すなって言うの？」

「だったらわたくしが部屋を移るわ」

「そんなわがまま、通らないんじゃない？」

「もう東西の邸宅は空き部屋ばかりなのよ。誰がどこにいようと関係ないわ」

「もしかしたら、これから違う部屋に集められるかも。今残っているのは六人だから……三人部屋がふた部屋とか」

デルフィーヌがなにか言いかけるも、首を振って溜息をつく。

そのまま立ち去ろうとしたのを見て、リティは咄嗟に細い腕を掴んでいた。

「離しなさい！」

「離さないわ。最近のあなたはどう考えてもおかしいもの。なにがあったか教えて。じゃないと力になることもできないじゃない」

「誰が助けてほしいと頼んだのよ……！」

その瞬間、勢いよく突き飛ばされてリティは転んでしまった。

「わたくしをこそこそ嗅ぎ回るのはやめて！　人の荷物をあさるなんて……そこまで卑しい人だとは思わなかったわ！」

「……荷物？」

なんの話をされたのかわからず、リティはきょとんとする。

それが癇《かん》に障ったのか、デルフィーヌは眉を吊り上げて言った。

「あなたの目的はなに？　なぜこの妃選びの舞台に乗り込んできたの？」

「待って、デルフィーヌ。なにを言っているか全然……」

リティにはデルフィーヌがなんの話をしているのか、本当に理解できない。

しかもデルフィーヌの瞳に浮かんでいるのは、リティへの怒りというよりも怯えや恐怖だ。

「わかるように説明して、デルフィーヌ。さっきからおかしなことばかり……」

「もう一度言うわ。わたくしにはかまわないで！」

最後までデルフィーヌは事情を語らず、逃げるように鳥舎を去った。

（いったいどうしたのよ。教えてくれなきゃわからないわ……）

嫌いだとはっきり言われたにもかかわらず、リティはデルフィーヌを放っておく気持ちになれない。

悩んだ末に追いかけようとするも、鳥舎の入口にはブランシュの姿があった。

「ごめんなさい。聞こえてしまったわ」

ブランシュが申し訳なさそうに言う。

「ううん、気にしないで。それにしても珍しいこともあるのね。ここには私くらいしか来ないんだと思っていたのに」

　リティは話を逸らし、なんでもないふりをした。

「鳥丁にお願いすれば実家に手紙を送れることを思い出したのよ」

「ああ、そういうこと。ついでに雛をなでていくといいわ。すごくかわいいの」

　控えめに雛の魅力を伝えるリティだったが、ブランシュは曖昧に笑って流した。

「リティこそ、珍しいところを見たわ。誰かと言い争うようには見えないのに」

　デルフィーヌとのことがよほど気になっているらしい。

　再び話を逸らすのもおかしな気がして、リティは肩をすくめる。

「結構あるの。お互いに意見が合わないみたいで」

「デルフィーヌとうまくやれる人は少ないかもしれないわね。この間の試験で一緒だったのだけど、もうひとりの班員があれこれ指示を出されて嫌だったって言っていたわ」

「デルフィーヌなりにそれが正しいと思っていたんだと思う。言い方が問題なだけで、悪気のある人じゃないから」

　少なくともリティはデルフィーヌをそう評価している。

　だから彼女を心の底から嫌いにはなれないし、ブランシュの言葉を聞いてなんとなく反論したくなった。

「でもあんなふうに言わなくてもいいじゃない」

「ちょっと誤解があったのよ。荷物をあさったと思われているみたいで」

これ以上この話を続けるのは気が重い。

リティは少しでも気持ちを紛らわそうと、ずいぶんと大きくなった雛に歩み寄った。

誕生した際にそばにいた人間だとわかっているのか。雛がぴぃぴぃと鳴いてリティの手のひらに頭を押しつける。

成鳥とは違うもっふりとやわらかな羽毛がリティの手を包み込んだ。

「荷物なんてあさっても仕方がないのに。高価な私物でも隠し持っていたのかしらね」

ブランシュもリティの後をついてきていたが、雛に触れようとはしない。

リティも強制はしなかった。戦鳥を危険な生き物だと認識している者も多いからだ。

「私の感覚でしかないけど、デルフィーヌはそういうことをしないと思う」

リティはブランシュを見ずに雛をなで続ける。

「ここに来てからずっと、妃としてふさわしい振る舞いをしてきたし、そうするように言ってきたから。決まり事を破るとは思えないわ」

「リティが言うなら、きっとそうなのね」

隣にしゃがんだブランシュが雛を覗き込む。

雛は鳥丁でもリティでもない人間に驚いたらしい。くちばしをかちかち慣らして警戒し、リティの手のひらの下に隠れようとした。

「大丈夫よ。私の友達なの」

リティはもふもふした雛をあやしながら言い、やがて立ち上がった。

ブランシュもそれに続く。

「リティはこの後、暇？ みんなで気分転換にお茶でもしようって話していたの。よかったら来ない？」

「いいの？ ぜひご一緒させて」

ようやく会話の流れが変わり、安心したリティは素直に喜んだ。

ブランシュに連れられて、リティは東の邸宅の談話室にやってきた。

候補者たちが集うささやかなお茶会にデルフィーヌの姿はなく、代わりに彼女以外の五人の候補者が全員揃っている。

（みんなって、デルフィーヌ以外の全員だったの？ じゃあ、もしかしたらこの中に事件の犯人がいるってこと……？）

呑気に来るべきではなかったかと後悔するも、これは絶好の機会でもあった。

(だったらここで捕まえれば、もう誰も傷つかずに済むのね)

もしかしたら次の被害者は自分かもしれないと考えたうえで、リティはその場に残って犯人を見定めることに決める。

「デルフィーヌは呼ばなかったの?」

「呼べるはずないわ。だってあのデルフィーヌよ?」

リティの問いかけに応えたのは、この間の試験で同じ班だったアメリアだ。

「それに第一候補さんは、私たちみたいな候補者とお茶なんてしたくないでしょうし」

「どうせ断られるわよね。お茶の淹《い》れ方にも文句をつけてきそう」

「案外、参加はするかもしれないわよ?　ひと口も手をつけないかもしれないけど」

くすくすと笑い声がさざめく。

リティはブランシュの隣の席に案内され、ためらいながら腰を下ろした。

(デルフィーヌはちょっときついだけで、性格が悪い人ではないのに)

同室のリティは、彼女が誰に対する噂にも耳を貸さなかったことを知っている。

もしお茶会に招待すれば、彼女はきっと完璧な作法を披露したはずだ。

「だけどひとりだけ呼ばないのもどうかと思うわ。今からでも呼んで……」

リティが立ち上がろうとすると、アメリアが嫌な顔をする。

「無理に呼ぶ必要はないでしょ。ほら、せっかく集まったんだしお茶を楽しみましょうよ」

令嬢たちの楽しげな声は、なぜかリティを自分だけ別世界にいるような寂しい気持ちにさせた。

うつむいていると、主催者らしき令嬢がリティのカップにお茶を注ぐ。

「どうぞ。私が自分で調合したお茶よ」

会話を楽しめないならお茶を楽しもうと、リティは無理に笑顔を作る。

「ありがとう。すごくいい香りね」

「そう言ってもらえるとうれしいわ。この香りと味を引き出すために、何年かかったか……」

やけに熱っぽく語り出したのを聞いて、リティはデルフィーヌの話を思い出した。

(同じ班だった美食家って、この子のことね)

聞こうか悩んだものの、また話題がデルフィーヌになるのは避けたくてやめておく。

(ここにエリーズとニナがいてくれたらな)

向かい側の令嬢は、すでにお茶を味わっていた。

リティも淹れたばかりの熱いお茶を口に運び、得意げに言うだけある素晴らしい味と香りだと微かな感動を覚えた。

しかし、ゆっくりと味わいを楽しむ前に、隣の席でかちゃんとカップの割れる音が響く。

「ブランシュ、大丈夫？ 火傷していな――」

立ち上がって尋ねようとしたリティの前で、ブランシュの口から鮮血がこぼれる。

「きゃあっ⁉」

「ブランシュ！ どうしたの⁉」

令嬢たちは大混乱に陥った。

リティはニナのときにも感じた恐怖がよみがえり、椅子から崩れ落ちたブランシュの傍らに膝をつく。

「ブランシュ！」

「う……あ……」

ブランシュの身体からひどく甘い香りが漂っていた。

不吉なその香りに胸が焼けそうになる。

「誰か！ 人を呼んできて！ それと水を持ってきてちょうだい。もしかしたらなにか……毒を飲んだのかもしれない」

ニナのときは毒草だった。

こんな短期間にまた犠牲者が出るとは考えたくもなかったが、万が一そうだった場合、対処に時間がかかれば手遅れになる。

（いったい誰なの……⁉）

ブランシュの様子をうかがいながら、三人の候補者たちの動きを目で追いかける。

しかし彼女たちの中に、怪しげな行動をする者はいなかった。

お茶会での事件ということで、候補者たちはひとりずつ城の書斎に呼ばれて事情聴取を受けた。

リティもブランシュが吐血したときの状況や、お茶会での様子を説明し終え、自室で待機するよう促されて部屋を出る。

すると廊下にはあの場にいた三人がいた。

「この中にいるんでしょ、犯人が」

アメリアが厳しい表情で言う。

「怪しいのは誰？」

「私は違うわよ！」

あのときお茶を淹れた令嬢が真っ青な顔で反論する。

「あのお茶は私が実家から持ってきたものよ！　今朝だって飲んだんだから！」

「美食家のオリーが料理に毒を入れるとは思えない。きっとほかの人だわ」

「そう思わせるのが狙いかもしれないわよ。美食家にも悪食がいるんでしょ。人の負の感情を味わうのが好きっていう犯罪者の話を聞いたことがあるわ」

揉め始めた令嬢たちを前に、リティはうろたえてしまった。

（たしかに犯人がいるとしたらこの中にいる。でも、ブランシュが倒れたときに怪しい人はいなかったのよね。……演じるのがうまいということ？　じゃあ今、自分以外の誰かに罪をなすりつけようとしている……？）

攻撃的な会話に参加できずにいたとき、リコバの花を凍らせた令嬢がぽつりとつぶやく。

「毒を入れるなら、リティが一番やりやすかったんじゃない？」

「な……にを言って……？」

突然話を振られたリティにはそう言うのが精いっぱいだった。

強い敵意を持った眼差しが一斉に彼女を捉える。

「だってブランシュの席は角だったでしょ。隣にいるリティなら、細工もしやすかったかも」

「ありえないわ。だって私はブランシュに誘われてお茶会に来たのよ」

「それをいいことに計画したんじゃないの？　邪魔な候補者をひとりでも減らしておこうって」

　新しい標的を見つけた令嬢たちが、口々にリティへの疑いを吐く。

「私はブランシュと友達なのよ！　それなのにどうして毒なんか飲ませなきゃいけないの⁉」

　叫ぶリティだったが、それは新たな攻撃手段のひとつにしかならなかった。

「そういえばこの間の試験で最初に倒れたのって、ニナじゃなかったっけ？」

「言われてみれば……。薬草には詳しいのにおかしいと思ったのよ」

「あれも同じ部屋なら、いくらでも毒を仕込めたんじゃないの？」

「その前もゴーレムに直接襲われたのはエリーズだったわよ。たまたまリティがその場にいたんじゃなかった？」

　いつの間にか令嬢たちはリティと距離を取っていた。

「私がニナとエリーズを傷つけた犯人だって言いたいの？　そんなわけないの

に……！」

「でも証明できないじゃない」

誰かがそう言うと、次々にそうだそうだと声があがった。

（していないことの証明をどうやってしろというの？）

とんでもない濡れ衣を着せられて頭が真っ白になる。

反論しなければならないのに、『やっていない』以外の言葉が出てこない。

「私じゃない……」

か細い声を発したリティだったが、その言葉を信じる者がこの場にいないのは明らかだった。

ブランシュが倒れて以来、リティは候補者たちに避けられるようになった。

近くを通れば逃げられ、声をかければ聞こえなかったふりをされる。

さらに悪いことに、候補者たちは全員東の邸宅に集められてひとりひと部屋での生活を命じられた。

唯一、話し相手になってくれそうだったデルフィーヌとも離れてしまい、リティは本格的に孤独になる。

与えられた部屋は広く快適だったが、その広さが余計に寂しさを煽《あお》った。

(……ブランシュもいなくなってしまった)

予想通り毒を盛られていたブランシュは、手足に麻痺《まひ》が残るからと自らの意思で妃候補を辞退した。

別れの挨拶も満足に言えないままだったことを、リティは今も引きずっている。

お茶会で同席した三人の候補者たちだが、デルフィーヌは当然として、リティがまだ残っていることも疑問に思っているようで、リティの言葉を信じようとしない。

(私たちの中に、本当に犯人がいるの?)

ここまで少なくなれば、誰かしらがボロを出してもおかしくないはずだった。

しかしブランシュの事件を最後に、犯人はずっと沈黙している。

それもまた、リティが責められ始めてからの時期と重なっているせいで余計な疑いに繋がった。

(……殿下と話したい)

リティは窓際に座り、外を見た。

(まだ妃選びが続いている時点で、いろいろな事情があるんだと思う)

あの夜、ランベールは結局最後までなにを言いかけたのか明かさなかった。

（選ぶ自由さえあれば…って、どういう意味だったんだろう）

思えば、あの夜についてゆっくり振り返る時間がなかった。

ひとりになってようやく思い返すというのも皮肉な気がして、リティの唇が自嘲にゆがむ。

（また鳥舎に行ったら会えるかな。でもお会いしないほうがいいのよね）

リティはランベールの公平な態度を好ましいと思っている。

偶然出会う機会が多く、ほかの候補者たちよりも近しいやり取りをしたとはいえ、自分から特別扱いを要求するのは違う気がした。

（恋愛なんてよくわからないと思ってたのに）

今まで、話を聞いてほしいと思う相手は家族と、ここで出会った友人たちだけだった。しかし今は、ランベールにしか思わない。

彼に信じているとひと言もらえれば、それだけで残りの試験も耐えられるだろう。

「……ん？」

ぼうっと外を見ていたリティは、庭園に向かって歩いていく人影に気がついた。

数々の事件が起きてから、危険を避けるため、夜遅くに外出する者はいない。

それなのにその人物は気にしていないようだ。

背筋を伸ばし、まっすぐに歩く姿は模範的でとても美しい。

上品な振る舞いが誰よりも身についているその人は、どう見てもデルフィーヌだ。

(こんな時間にどこへ行くの？)

リティは急いで窓を閉め、部屋を飛び出す。

最近のデルフィーヌは様子がおかしかった。

リティに妙なことを言い始めたのも、ニナが倒れてからだ。

外へ出たリティは庭園に続く道を駆け、デルフィーヌが立っていた場所に到着する。

だが、そこに彼女はいない。

(──違うわ)

再び走りながら、リティは頭の中で否定する。

(デルフィーヌじゃない。彼女が事件の犯人なんて、絶対に違う)

本心からそう思っているのに、じわじわと疑いがこみ上げる。

デルフィーヌはもとから単独行動が多かった。

誰よりも妃になろうと努力していた彼女が、おかしな真似をしないと本当に言いきれるのだろうか。

(……あの、歩き方)

突然現れたゴーレムもデルフィーヌの実家の人間ならば用意できるのかもしれない。

なにより彼女には幻影を見せる力がある。

ゴーレムがいきなり現れたように見せかけることも可能だし、ニナの目に映る毒草を薬草と偽ることもできる。

次々に彼女を犯人と呼べる理由が見つかるも、リティはそれを認めたくなかった。

（違う、デルフィーヌじゃないわ。だって彼女が犯人だったら、ゴーレム騒ぎのときに私たちを広間まで連れていかなくてよかった。エリーズを探しに行こうとした私を止めたのだってデルフィーヌだわ。ニナのときもすぐ人を呼びに行ってくれた……！）

嫌な想像を振り払い、リティはこの先にいる相手が彼女ではないことを強く願った。

やがて入り組んだ庭園を抜け、人影を探していたリティは足を止めた。

近辺を警護していたらしい騎士を発見し、デルフィーヌの行方を求めて声をかける。

「すみません、お聞きしたいことがあるんですが」

騎士がゆっくりとリティに視線を向ける。

「誰かここを通りませんでしたか？　候補者のひとりが出ていくところを見かけて……」

騎士は無言のまま、リティをじっと見つめるばかりでまばたきさえしない。

見ているというよりは、リティを目に映しているというほうが近かった。

リティは妙な違和感を覚え、距離を取ろうとした。

（なにか、変だわ）

しかしその前に素早く腕を掴まれ、低木の陰に引きずり込まれる。

「離し――」

叫ぼうとしたリティだったが、手で口を塞がれてしまった。

男はひと言も発さず、機械的にリティの腕を押さえつけて覆いかぶさる。

リティがもがいたところでまったく意味がない。相手は城の警備を任されるような騎士なのだから、当然といえば当然だ。

（嫌、やめて……！）

男が声にならない悲鳴をあげたリティの襟ぐりを勢いよく引っ張ると、嫌な音を立ててボタンがはじけ飛ぶ。

両手首をまとめられ、頭上に縫い留められたリティは、恐怖に顔を引きつらせて必死にもがいた。

（誰か助けて……！）

今はリティも『そういう知識』を勉強会で学んでいる。

唇を触れ合わせた先の行為がどのようなものかも理解していたが、こんな形で奪われるものだとは聞いていない。

恐ろしいのは行為そのものだけではなかった。

先ほどから、リティを襲う男の顔に表情がない。

目を開いているはずなのにどこを見ているかわからず、唇もだらしなく半開きになっている。

こうした行為にはなんらかの欲を感じるはずなのに、およそ人間らしさというものを感じない。

（ごめんなさい！）

リティは先に謝ってから、自分の口を塞ぐ男の手に噛みついた。

普通ならそんな痛みを受ければ、誰だって呻《うめ》き声のひとつでも漏らすはずだ。

しかし呻くどころか、男は痛みを感じる様子さえ見せなかった。

（どうすればいいの？　このままじゃ……）

簡単に裂けるはずのない服が破れる音がした。

めちゃくちゃに暴れるリティだったが、男は止まらない。

（どうして？　止まってよ……！）

強く願った瞬間、リティの身体の奥から感じたことのない冷たさが湧き上がった。

背筋が冷える、などという程度のものではない。

突然、氷の張った池に突き飛ばされ、頭まで冷水に浸かったような、歯が鳴るほどの冷たさだ。

(な、に――)

頭の中でちりちりと懐かしくも奇妙な音がする。

以前にも城内で聞いたものだ。たしか、ゴーレム騒ぎのときだったか。

混乱していたリティは、その音が故郷で聞いたものとも同じだと不意に思い出した。

一面の銀世界の中で迎える真冬の朝、凍った空気が風にこすれて立てる音である。

太陽の光に乱反射しながら聞こえるその音を、幼かったリティは〝きらきらの音〟と呼んでいた。

なぜ、冬でもなく故郷でもない場所で懐かしい氷の音を聞くことになるのか――。

あまりの寒さに自分が凍ったのかと錯覚したリティは、ふと目の前の男が微動だにしなくなっていることに気がついた。

今ならばと押さえつけられた手を引き抜くと、先ほどまでまったく抵抗をものともしなかった男はあっさりそれを許してしまう。

それどころか、リティを押さえつけた姿勢のまま、ごとんと草むらに倒れ込んだ。

そして精巧に作られた人形のように固まったまま、目を見開いている。

一瞬、リティは男の様子をちゃんと確認しようかと悩んだ。

しかし自分が直前までなにをされそうになっていたか思い出し、後ろ髪を引かれる思いでその場から逃げ出す。

「誰か、助けて！」

デルフィーヌがどこにいるかなど、もう気にしている余裕はなかった。

がむしゃらに走り、もと来た道を戻ろうと必死になる。

真っ暗な状況と恐ろしい思いをしたこと、そして誰もいないのではないかという心細さから泣きそうになっていると、生垣《いけがき》の向こうから人の気配がした。

「リティシア⁉」

一拍の後、生垣の中からリティのいる場所へ長身の影が飛び込んできた。

リティは相手が誰なのかを確認する前に飛びつき、助けを求めてしがみつく。

不安と恐怖に震えるリティを抱きとめたのはランベールだった。

「いったいなにが――」

そう言いかけたランベールだったが、すぐにリティの服が乱れていると気づき、すぐさま自身の上着を脱いでリティの肩にかけた。

そして厳しい表情で周囲を見回し、人の気配がないことを確認する。

「もう大丈夫だ」

ゴーレムから助けたときと同じように言うと、ランベールはリティを安心させるように抱きしめる。

（温かい……）

リティの中に残っていた冷たさが、ランベールの熱ですっと溶けていく。

泣きたくなるほどの安心感を覚え、リティは彼の優しいぬくもりに顔を埋めた。

ランベールはそんなリティの背中をなでて落ち着かせようとする。

「リティシア。リティ」

リティは父や兄も、怖い夢を見たと泣いたときにそうやって名前を呼んであやしてくれたことを思い出し、また目に涙を滲ませた。

「あ……あっち、騎士の人……いきなり襲われて……」

そう言いながら、リティはランベールの上着を返そうとした。

「これ……あの、もう大丈夫です。ごめんなさい」

しかしランベールはリティの手をやんわりと掴み、首を横に振る。

「着ていろ。君の肌をほかの男に見せたくない」

「で、でも、殿下の服が汚れてしまいます」

「今は服を気にしている場合じゃないだろう。……いつも周りを想うのは君のいいところだが、たまには自分のことを考えてくれ」

そのぬくもりと同じくらい温かな声をかけられ、リティの身体から力が抜けた。

ランベールがへたり込みそうになったリティを素早く支える。

「どうした？　怪我でもしているのか？」

心配した様子で尋ねられ、リティはふるふると首を横に振った。

「あ、し……力が入らなくて……」

「だったら俺を支えにしていろ。遠慮しなくていいから」

そこにがさがさと音を立ててもうひとり、男が現れる。

「殿下、敵が近いかもしれま――」

ジョスランはリティを見て訝しげな顔をした。

しかしすぐ、ランベールに視線を戻す。

「あちらに警備兵が倒れていました。何者かの攻撃を受けたようで、意識はあるのに声をかけても返事がありません」

「わかった、確認する。お前はリティシアを部屋まで連れていけ」

「だめです、待って」

リティは思わずランベールを引き留めていた。

「私を襲ったのはその人だと思います。手に噛みついても反応しなくて……」

力ではかなわない相手に襲われた衝撃がよみがえり、リティの目に涙が浮かぶ。

「わた、私……」

ランベールが険しい表情でリティの肩を抱き寄せた。

「ジョスラン。悪いが、お前には任せられなくなった」

「……承知しました」

承諾はしたものの、ジョスランはなにか言いたげだった。

だが、結局なにも言わずにその場を後にする。

「怖かったな。どうしてこんなところにいたんだ。妙な事件が続いて危ないとわかっていたはずだろう」

責めた口調ではないが、責められても仕方がないほどリティはうかつだった。

精神的にきつい状況が続いていたせいで、考える力が弱っていたのは否めない。

「デルフィーヌがいたんです。それで、追いかけようと思ったら……」

あのきれいな歩き方だって……」

「はっきり見えたわけじゃありませんが、あの後ろ姿はデルフィーヌでした。あのきれいな歩き方だって……」

話しながらリティはぽろぽろ涙をこぼしてしまう。

「デルフィーヌは無事なんでしょうか？　なにかあったらどうしよう……」

「落ち着け。大丈夫だから」

堰《せき》を切ったように泣きだしたリティを、ランベールが落ち着かせる。

リティの言う『襲われた』がなにを示しているのか、彼女の乱れた服を見てわからないランベールではなかった。

どれほど恐ろしい思いをしたのかと唇を噛みしめ、何度もリティの背をなでる。

「後は俺たちに任せてくれ。今夜はもう部屋に戻ろう」

リティはランベールに、一緒にいてほしいと言えなかった。

誰もいない部屋に戻るのは心細かったが、特別扱いをねだっていい相手ではない。

「警備兵の数を増やしておく」

そう言ってから、ランベールはぎゅっとリティを抱きしめた。

「……それしかできない俺を許してくれ」

翌日、まともに眠れずに朝を迎えたリティは、朝食に向かう前に呼び出しを受けた。

城の広間に向かうと、そこにはすでに何人もの人が集まっている。その中には候補者たちだけでなく、ランベールとジョスランの姿もあった。

リティはその中にデルフィーヌの姿を認め、彼女の無事を確認して安堵した。

「遅くなって申し訳ございません」

比較的落ち着きを取り戻したリティが来訪を告げると、全員が彼女を振り返った。

そこにいたイーゼル卿が歩み寄り、リティをじろじろと眺める。

「なんだ。昨夜、庭園で警備兵に襲われたというのは君だったのか」

「……はい」

こんなに大勢の前で、あけすけに尋ねられるのはひどく恥ずかしかった。

「イーゼル卿。もう少し言葉を選べ」

羞恥で赤くなったリティを庇う声は、ランベールのものだ。

「失礼いたしました。事実かどうか、正確に知る必要がありますので」

イーゼル卿は大して悪びれた様子を見せなかった。

「君を襲ったとされる警備兵は、当時の記憶を失くしている。君の証言だけがすべてというわけだな」

「えっ、そんな……」

ふと、リティは今さら昨夜見た奇妙な現象を思い出した。

あんなにびくともしなかった男が、突然動かなくなったことだ。

「そもそもなぜ、夜遅くに外を出歩いていた？」

話が変わってしまい、気づきを伝えられなくなる。

イーゼル卿の威圧的な視線に逆らおうとは思えず、リティはうつむいた。

「デルフィーヌが庭園へ向かって歩いているところを見た気がしました。どうしたのかと思い、追いかけたところで件《くだん》の警備兵に……」

「わたくしを尾行しようとしたの？」

久し振りのデルフィーヌとの会話は、非常に緊迫した空気の中で行われた。

「時間が時間だったから、なにかあったのかと思ったの。最近のあなたは様子がおかしかったし、心配だったのよ」

「……余計なお世話よ」

デルフィーヌは不快感を隠そうともせずに言うと、手に持っていた封筒をイーゼル卿に差し出した。

「わたくしが昨夜、外に出ていた理由はこの手紙です。特定されないようにするためか筆跡が乱れておりますが、『庭園にて話がある』とあります」

イーゼル卿は受け取った封筒を確認し、横で見守っていたランベールに手渡した。

「たしかにそう書いてある。これを送る人物に心当たりはあるのか？」

ランベールが尋ねると、デルフィーヌは悩んだ様子を見せてから首を横に振った。

「いいえ」

「リティシア様なのでは？」

イーゼル卿の言葉に、デルフィーヌが驚きの表情を浮かべる。

「私はそんな手紙なんて知りません！」

すかさずリティが反論するも、イーゼル卿は再びランベールから手紙を受け取り、内容に目を向ける。

「あなたはデルフィーヌ様を庭園に呼び出し、これまでの候補者のように辞退へ追い込もうとした……。しかし計画を実行する前に警備兵に見られ、仕方なく口封じを行った。どうですか？」

「どうですかって……」

（この人はなにを言っているの？）

リティにはまったく理解できず、呆然と立ち尽くす。

「あなたはほかの候補者たちと不仲だったようですね。その理由が、一連の事件の犯人だからだという話がありますが？」

それを聞いたランベールがはっきりと不快感をあらわにした。

「口が過ぎるぞ、イーゼル卿」

「殿下、真実は明らかにすべきです。今回の妃選びで最も異質な存在がリティシア様でしょう。誰もが事件の犯人を知りたがっているのですよ」

「本当にそう思うなら、犯人だと決めつけて話すのをやめろ」

リティには彼らの会話が耳に入ってこなかった。

周囲の人々の視線がひどく痛くて、頭ががんがんする。

「私じゃありません……」

か細い声で言うも、あまりにも小さすぎて誰の耳にも届かない。

「リティシアが犯人だとすれば、襲われたのはおかしいだろう」

「口封じ兼、疑いを晴らすための自作自演だとは考えられませんか？」

「逃げてきた彼女はひどく怯えていた。あれが演技だったとは思えない」

なにも言えなくなっているリティの代わりに、ランベールが戦ってくれる。

だが、状況は劣勢だった。

イーゼル卿はリティを犯人だと決めつけ、昨夜の出来事も自作自演だと考えている。

そして候補者たちも皆、やはりそうだったのかという顔でリティに嫌悪の眼差しを向けていた。

唯一、デルフィーヌだけがうつむいている。

「どちらにせよ、リティシア様を候補に残すわけにはいかないでしょう」

「なぜだ。疑わしいからといって、そんな真似──」

「リティシア様の証言が正しいとして、昨夜汚されていないと誰が証言できますか？」

ランベールが絶句する。

それをいいことに、イーゼル卿はリティを哀れみの目で見た。

「仮にリティシア様が妃になったとして。生まれる子は果たして殿下の──」

「舌を抜かれたくなければ黙っていろ」

ランベールの瞳が真紅に燃えている。

苛烈な炎の色に睨まれ、さすがのイーゼル卿も一瞬口ごもった。

「……花を咲かせるだけしか能のない女性に、屈強な男を拒みきることは不可能です」

「黙れと言ったはずだ」

「リティシア様を候補に残すか否か、最終的には議会で判断いたしましょう。それであれば、殿下も文句はございませんね？」

最初から友好的な態度を取られているとは言いがたかったが、イーゼル卿は間違いなくリティを候補者から脱落させようとしている。

傲岸不遜《ごうがんふそん》な態度は、目上の人間であるはずのランベールさえ黙らせられるだけの権力を有しているのだということを示していた。

（どうして、こんなことに）

これ以上はもう限界だった。

見たくない現実から目を背けるように、リティは意識を手放した。


その夜、リティはひとりぼっちの部屋で荷物をまとめていた。

（……悔しい）

候補者に残されるかどうか、正確にはまだ決まっていない。

しかし議会で話し合ったところで、残すべきだという話にはならない気がしている。

（このまま私に犯人を押しつけて、本当の犯人が野放しになったら？）

最悪の場合、犯人がランベールの妃に選ばれる。

リティは少ない荷物をバッグに詰め、ぐっとこぶしを握りしめた。

行き場のない怒りをどこかにぶつけたかったが、次の瞬間、ふっと気が抜ける。

(なんのために頑張ったんだろう)

もしも本当に追い出されれば、きっともうランベールには会えない。

いくらリティが貴族の身分でも、簡単に会って話せる立場の相手ではないからだ。

(ちゃんと好きって言えていなくて、むしろよかったのかも。だって妃になれないなら、伝えても困らせるだけだわ……)

『君の瞳はきれいだな。初めて話したときからずっと思っていた』

朝の心ない言葉の数々の代わりに、ランベールからもらった温かい言葉を思い返す。

『いつも周りを想うのは君のいいところだが、たまには自分のことを考えてくれ』

ランベールはただひとり、リティを信じて味方してくれた。

心残りがあるとすれば、その礼を伝えられていないことだ。

(この後、どうなるのかしら。クアトリーに戻されるとして……。待って、その前にあの警備兵のことを殿下に伝えないと)

突然の寒気と動かなくなった男。しかも彼は記憶を失っているという。

(今から会おうとして会えるのかしら？　ううん、会わなきゃ。ひとつでも多く情報を渡せば、きっと殿下が犯人を捕まえてくれる)

リティが立ち上がろうとしたとき、扉を叩く音がした。

ぎくりとしたリティだったが、眠っているふりはせず、扉の向こうに返事をする。

「どちら様でしょうか？」

「私だ」

「ランベール様……？」

今から会いに行こうと思っていただけに、突然の来訪はリティをひどく驚かせた。

慌ただしく扉を開けると、なぜかランベールだけでなくデルフィーヌの姿もある。

「デルフィーヌまで、どうして……」

「ちょうど扉の前で鉢合わせたんだ。君に話があるらしい」

不思議に思いながらも、リティはふたりを部屋に招き入れた。

室内に用意された椅子をランベールとデルフィーヌに差し出すも、デルフィーヌは座らず立ったままでいる。

「立ったままじゃ落ち着かないでしょう？」

「……わたくしのせいだわ」

デルフィーヌが震える声とともに涙を流したのを見て、リティは息をのんだ。

「デルフィーヌ」

「ごめんなさい……」

顔を覆って泣きだしたデルフィーヌに困惑しているのは、ランベールも同じだった。

視線で助けを求められたリティは、ランベールにうなずきを返してからデルフィーヌを抱きしめる。

「泣かないで。説明してくれないとわからないわ」

「あんなひどい真似……。あなたがあのふたりを傷つけるはずないのに……」

デルフィーヌの艶やかな髪をなでていたリティの手が止まる。

「私を信じてくれていたの……?」

デルフィーヌは涙を流しながらこくりとうなずいた。

「だって仲良しだったじゃない。いつも楽しそうにお喋りして……」

ひくりと喉を鳴らすと、デルフィーヌは自身の目もとを拭う。

「昨夜、あなたが襲われたのはきっとわたくしのせいよ。あの手紙の持ち主を確かめてやろうと思ったのだけど、途中で帰ってしまったから。そのせいで追いかけてきたあなたが襲われたんだわ」

「じゃあ……手紙も私が書いたものじゃないって思ってるのね……?」

再びデルフィーヌがうなずく。

「あの場で言えたらよかったのよ。でも、私……」

泣きやんだかと思いきや、またデルフィーヌの目に涙が浮かぶ。

「言えなかった……。庇えるのはわたくしだけだったのに……」

ふたりを見守っていたランベールが静かに尋ねる。

「それはイーゼル卿がルビエ家と懇意にしているからか？」

デルフィーヌがうなずくと、涙が頬を伝っていった。

「そうです。……父はわたくしが確実に妃になるよう、手を講じています」

「ああ、知っていた」

「えっ……」

リティにとっては寝耳に水の話だった。

「第一候補って言われているのに？」

「わたくしを信用していないのよ。ルビエ家の役立たずだから」

皮肉げな笑みは儚く、彼女がどれほどその扱いに傷ついてきたかを示していた。

「最近になって父から頻繁に連絡が届くようになったの。……事件に乗じて、どんな手を使ってでもいいからほかの候補者を蹴落とせと。わたくしには効果のわからない薬が入った瓶も送られてきたわ」

「薬って、まさか」

「きっと毒でしょうね。命を落としはしなくても、妃候補から脱落するような後遺症が残るのでしょう。……そんなもの、どうしてわたくしが使えるというの」

「もしかして、あなたの様子がおかしかったのはそのせい……？」

「……八つ当たりをしてごめんなさい」

やっとデルフィーヌがおかしかった理由を知り、リティは悲しくなった。

（ずっとそんな重圧《プレッシャー》を受け続けていたのね……）

それなのに彼女は父の言葉に従わず、毒を使わなかったのだ。

「その毒はどこにある？」

「……ジョスランに渡しました」

なぜここでランベールの護衛騎士の名が出るのか。

驚いたリティに、ランベールが『ふたりは幼なじみだ』と補足する。

「あいつからはなにも聞いていないな」

「わたくしが妃候補から脱落しないようにしたのでしょう。そういう人ですから」

少し落ち着いたらしいのを察し、リティは再度椅子を促す。

デルフィーヌは困ったように微笑んでから、小声で礼を述べた後に腰を下ろした。

「わたくしが妃になる理由は、家族に認められるためです。幻影を見せるだけのつまらない能力しか持たない私が、ルビエ家で愛されるにはそれしか……」

「……ジョスランはそれを知っているんだな」

「たった一度だけ、話してしまいましたの。忘れてほしいと言ったのに……」

「どうしてあいつがやたらと君を選ばせようとするのか、ようやくわかった。その願いを叶えさせるためだったんだな」

「……余計なお世話なのよ。馬鹿な人」

言い方はきつくても声は喜んでおり、ジョスランとデルフィーヌの間にある、たしかな絆と越えられない一線を感じさせた。

リティは改めて、正直にすべてを明かしたデルフィーヌを見る。

「あなたもずっと独《ひと》りで戦っていたのね」

「やめて。わたくしはただ……」

「役立たずの気持ち、私にもわかるの。うちも私だけぱっとしない能力だから……」

それを聞いたデルフィーヌがきゅっと唇を引き結ぶ。

「でもあなたは、家族に惜しまれてここへ来たのでしょう？　わたくしは望まれて来たのよ」

「……そうね」

愛されたかったデルフィーヌは、愛されていたリティをうらやんだ。

ゆえに彼女は、リティを嫌いだと言ったのだ。

「わたくしと違うあなたが嫌いよ。大嫌い。……でも、いつもわたくしを気遣ってくれるわね。試験の準備をしているときも間違いを教えてくれた」

デルフィーヌの頬がじわりと赤く染まる。

「……だから、わたくしをフィーと呼んでもいいわよ。友達にはそう呼ぶことを許してあげるの」

リティは目を大きく見開くと、うれしそうに破顔した。

「じゃあ、リティって呼んで」

かつてリティはデルフィーヌにその呼び方を許さなかった。

しかしもう、ふたりの関係はあのときと違う。

「ごめんなさいね、リティ。今までのわたくしはとても嫌な女だったでしょう？」

「私だって負けていなかったはずよ。だから謝らないで」

友情を確かめるために、ぎゅっと抱き合う。

リティは少し前の自分に、デルフィーヌと友達になれたのだと自慢したくなった。

「盛り上がっているところ悪いんだが、私がいることも忘れないでもらいたい」

心なしか気まずそうに言ったランベールを、デルフィーヌがくすりと笑う。

「失礼いたしました。殿下もリティに話があって来たのですものね」

「その前に、あなたを信用してもいいのか？」

ランベールは口を開きかけたリティを視線で止める。

「毒は使用していないと言っていたが、これまでの事件はどうなんだ？」

「わたくしもルビエ家もかかわっていないと誓えますわ。父は臆病者ですから、そこまで大それた真似はできません。毒も、わたくしが使えないのを知っていて、覚悟を決めさせるために送ったのでしょう」

「そんなことをする必要などないのにな。だが、とがめられない。それほどルビエ家はこの国において力を持ってしまった」

今はリティもその言葉の意味がわかる。

ノルディアの四大家門の中で一番広大な土地を治め、国に尽くしているのがルビエ家だ。領民の数も領地の大きさに比例して多く、小さな国と呼んでも差し支えない。

議会での発言権もあり、場合によっては若いランベールの意見よりも尊重された。

「わたくしは友を裏切るような女ではありません」

デルフィーヌは少し照れた表情でリティを見ながら言った。

「ですが、ルビエ家の人間を懐に入れたくない気持ちは理解できます。ですから、信用なさらなくても結構。わたくしは自分の思うことをするだけですわ」

悲しいほどまっすぐで誇り高い姿は、彼女が長い間ずっと独りで戦い続け、その状況に慣れてしまったことを思わせる。

リティはこれ以上、デルフィーヌを独りで戦わせたくなかった。

「ランベール様、私からもお願いします。フィーを信用してください。ここまで正直に明かしてくれたのだから、疑う必要はないはずです」

「君は甘い。……が、ここにジョスランがいれば同じように言っただろうな」

そう言うと、ランベールは扉のほうを確認した。

そして背筋を伸ばし、声をひそめる。

「ふたりを信用して話そう。……一連の事件の目的は、候補者たちではない」

「えっ、じゃあ……昨日の件もですか？」

リティに尋ねられ、ランベールが首を縦に振った。

「ゴーレムが現れたあの日、炎の間の封印に触れた者がいる。王族にしか入れない、炎の妖精が眠る場所だ」

「わたくし、おとぎ話かと思っていましたわ」

「妖精は実際に存在している。……悪意のある人間が傷つけようと思えば、やれないこともない」

意味ありげな言葉を聞き、リティが小さく声をあげる。

「騒ぎが起きている間に、妖精を傷つけようとする人がいる……ということですか」

「昨夜もまた封印に反応があった。その何者かは、以前よりも積極的に炎の間に侵入しようとしている。それで怪しい者を捕らえるために、警備兵を増やしたうえでジョスランと見回っていたんだが、昨日はそれが功を奏したな」

リティは以前にも、ランベールがジョスランと鳥舎に現れたのを思い出した。

雛の誕生を見たかったのかと思っていたが、おそらくはあれも見回り中の出来事だったのだ。

「リティを襲った男からは情報を得られなかった」

それを聞いたリティがはっとして口を開く。

「殿下にお話をしようと思っていたんです。昨夜、あの人は私を襲っている途中で突然動かなくなりました」

「なに……？」

「その直前に急に寒くなって……。記憶を失ったのはあれが原因かもしれません」

ランベールが難しい顔をして考え込んだ。

「唯一といってもいい貴重な情報だな。……昨夜のことは思い出したくないだろうに、ありがとう」

リティしか証言できないとわかっているランベールが、積極的に状況を尋ねないのは彼女に配慮しているからだった。

(この方のこういう優しさが、好き)

きゅっとリティはランベールへの想いを再確認して胸を詰まらせる。

「改めて現場とあの男を調べさせよう。これ以上、呑気に相手の出方を待っているつもりはない。こちらから打って出たいが、協力してくれるか？」

「わたくしでよければ」

「もちろん、ランベール様のお役に立てるならうれしいです」

ふたりは示し合わせたように同時にうなずいた。

「わたくしが思うに、犯人は候補者の中にいるはずです。人の荷物をあさる不届き者を懲らしめてやらないと」

「私がやったと思っていたんじゃないの？」

「あのときは父の件で頭がいっぱいだったのよ。突っかかってこないでちょうだい」

冗談めかして言い合い、リティとデルフィーヌは互いの顔を見てくすりと笑った。

「俺も候補者が怪しいと睨んでいる。となると、罠《わな》を仕掛けるなら次の試験だな」

「候補者がそれぞれ晩餐会《パーティー》を主催する、と聞いていますわ」

「……議会で私より力のある父君がいると便利だな。すべて筒抜けか」

「なにをするか知っていても、準備に取りかかる時期はほかの候補者と合わせました。わたくしが本当に優秀だと証明するなら、不正に加担するわけにはいきませんもの」

「私、フィーのそういうところが好きだな。尊敬してるの」

「褒めてもなにもあげないわよ」

そう言いながらも、デルフィーヌの頬はしっかり緩んでいる。

今まではずっと気を張っていただけで、本来はこのくらい顔に出やすいようだ。

「試験を罠として使うのなら、わたくしが表立って動きましょう。リティはおそらく脱落させられるでしょうし、裏方に回ってもらうわ」

「うん、そうね。だけどどうやって罠を仕掛けるの？」

「晩餐会の場に妖精を引っ張り出してやればいい」

ランベールが長い足を組み替えて言う。

「デルフィーヌ、あなたは幻影を見せる能力を持っているな？」

「妖精がどのようなものか教えていただければ、すぐにでもお見せできますわよ」

「話が早くてありがたい。俺は候補者に妖精を招く旨を伝えて、当日は様子のおかしい候補者を確認するのと、万が一の戦闘要員として待機しよう」

作戦について着々と詳細が決まっていく。

しかしリティはふたりの話を聞いて、切なくなってしまった。

「人の役に立ちたくてここまで来たのに、ここでも役に立っていない気がするわ……」

しゅんとするリティだったが、ランベールは微笑している。

「悪いが、好都合だ。君を危険な目に遭わせたくはない」

「ふたりを危険に追いやって、自分だけ安全な場所で見ているわけにはいきません」

家族を愛していても、守られるばかりでいるのは嫌だった。

ここでも同じ思いをしたくはなくて、リティは必死に考えを巡らせる。

(なにか、私でも役に立てそうなこと……。花を咲かせる……植物……。あ、そうだ)

「ランベール様。候補者にどうにかしてリコバの種を持たせられませんか？」

「リコバの？　なぜ？」

「……ああ、なるほど。そういうことね」

まだ説明していないのに、もうデルフィーヌが納得している。

「あれはつるがよく伸びる植物でしょう。リティの能力を使えば、妙な動きをした候補者を縛り上げられるかもしれませんわね」

「そこまで細かい操作が可能なのか？」

「ある程度の融通は利きます。複雑な動きはできませんが、人を覆うくらいでしたら問題なさそうです」

「それなら、晩餐会の前に種を持たせられるよう手配しておく。それと、ジョスランにもどう動くか伝えておかないとな」

ランベールが話をまとめ、改めてそれぞれの役割を確認する。

（もうこれ以上、誰かを傷つけさせたりしない）

友人を傷つけ、ランベールを困らせる相手に対し、リティは強く決意した。

デルフィーヌが先に自室へ戻った後、ランベールは少しだけリティのもとに残った。

「君に言っておかなければならないことがある」

あまりいい雰囲気ではなかった。

だが、リティは逃げずにランベールと向き合う。

「先ほどの会話で察したかもしれないが、この妃選びは誰を選ぶかが決まっている」

「……デルフィーヌ、ですか」

「そうだ。国のための結婚となると、彼女以外選べないし、選ばせないよう仕組まれている。試験はあくまで公平に選んでいると思わせるためと、候補者たちとの縁を結ぶためのものでしかない。いつでも国が、利用できるように」

つらそうなランベールに対し、不思議とリティの心は穏やかだった。

「フィーになら安心して任せられます。私が一番尊敬する優秀な候補者ですから」

本心だったが、物わかりのいいふりでもあった。

「……でも、私がなりたかったな」

ぽつりと言うと、リティは少しためらった後にランベールの背中へ腕を回した。

「好きです。たぶん、最初にお会いしたパーティーで、意地悪されていたところを助けていただいたときから好きでした」

すぐに応えるかと思いきや、ランベールは硬直したまま動かない。

「ふたりでいても戦鳥の話ばかりだった気が……。だからてっきり、君は俺を友人としてしか思っていないのかと」

「ランベール様の次に好きなものなので」

「……俺が一番、か」

声に隠しきれない喜びを滲ませたランベールは、ようやくリティを抱きしめ返し、肩口に顔を埋めた。

「俺の妃はデルフィーヌだと決められている。だが、そうならないように……君を選べるようにやれるだけのことはやった」

「……え」

「俺が好きなのは君だけだ」

衝撃を受けたリティだったが、思っていたよりも頭の中は冷静だった。

ふたりで戦鳥に騎乗したあの夜、ランベールが伝えようとしたのはこれだったのだと答え合わせができたからだ。

(じゃあ あの日、するはずだったキスも……)

胸がいっぱいになったリティは、溢れそうな想いを込めてそっとランベールの頬に唇を押し当てた。

驚いたランベールが身じろぎするも、動けないようにぎゅっと腕に力を込める。

「リティ」

「だめです」

リティはたとえ頬でも、キスをしなければよかったと後悔した。

「……見ないでください」

か細い震え声を聞いたランベールがたっぷり十秒は黙り、唐突に溜息をついた。

「そんなかわいい真似をするなら、先に言え」

ランベールの手がリティの後頭部に添えられる。

そのまま引き寄せられそうになったリティは、咄嗟にランベールの肩を掴んで顔を背けていた。

「おい」

「まだ結婚していないのに、はしたないと思います……！」

「自分はしたくせに、俺はだめなのか？」

「急にいけない気がしてきたんです！」

キスをしたいランベールと、すっかり冷静さを失ったリティの微笑ましい攻防戦が繰り広げられる。

最終的には、嫌がる相手にキスを強要したくないランベールが折れたのだが、それはそれでもやもやした気持ちが残るリティだった。

燃える氷と、凍った炎

――まさか、こんな試験があるなんて。

『彼女』の心は生まれてから初めてといっていいほど、喜びに震えていた。

候補者たちの次の試験は、西の邸宅の最上階にある広間で晩餐会を開くこと。

賓客を招く際、妃として完璧に接待しなければならないため、その適性を確かめるというものだ。

そして今回、その晩餐会の場には炎の妖精が招かれるという。

彼女の記憶に、炎の妖精が人前に姿を見せた記録はない。

だから城のどこに隠されているのかを調べ、そこに向かうための封印を解こうとしたのだが、強力な炎の壁を抜ける方法が見つからなかった。

しかし焦る必要はなかったのだ。

余計な真似をしなくても、ただ勝ち残るだけで炎の妖精に近づけるのだから。

――早く目的を果たしに行こう。

これまでそうだったように、彼女は思うがまま足を進めた。

策を講じる必要などないし、たとえ邪魔が入ったとしても関係ない。

ゴーレムをたった一撃で無力化するほどの力を持つランベールでも、自分を止めることができないと、彼女は知っている。

目的地にたどり着いた彼女は、喜びで胸がはちきれそうになりながら広間の扉を開けた。


邸宅の最上階にある広間は、もともといた百人の候補者が集まっても充分な広さを有した場所だった。

広間の奥には、神秘的な炎が宿る大きな美しいガラス玉があった。

戦鳥の卵よりは小さいが、抱えて歩くのは厳しい。

台座に載せられたそのガラス玉には、青い炎が収められていて、ちょっとした置物《オブジェ》にも見える。

中の炎は温かいようで冷たく、冷たいようで温かい。しかも、風もないのに揺らいでいた。

そのガラス玉の前には、ここまで妃選びの場に残り続けたリティを含む五人の候補者とランベール、その腹心の部下であるジョスランが並んで立っている。

犯人を捕らえるための罠としてこの場を用意したリティたちだったが、広間の扉を開いて現れた人物を見て、まず最初に困惑した。

「どうして……？」

見間違いかと思うも、そこにいるのはどこからどう見ても彼女だ。

「あなたが犯人だったの？」

なぜ、と動揺しているのは、ランベールたちも同じだった。

デルフィーヌは訝しげな顔をし、ジョスランは腰の剣をいつでも抜けるよう手を添えている。

ほかの候補者たちも戸惑い、うろたえていた。

「私のために泣いてくれたのに……」

リティが話しかけると、彼女はくすりと笑った。

いつも見ていたものと違う笑みは、間違いなく彼女の抱く悪意を包括している。

「どうしてなの。――ブランシュ」

名を呼ばれてもブランシュはうろたえなかった。

「久し振りね、リティ。でも今は話している時間がもったいないのよ」

ブランシュは広間をぐるりと見回した。

この作戦のために配備された騎士たちはいつでも攻撃できるよう構えていたが、まったく気にも留めず、なにかを探している。

やがてその視線がリティたちの背後で止まった。

「ああ、それね」

喜びと憎しみが入り交じる複雑な声だった。

リティがすぐに背後にある炎が宿ったガラス玉を振り返る。

ブランシュはくすくす笑いながら、一歩ずつ確実に歩きだした。

「そんなものをあがめるなんて、どうかしていると思わない？」

この炎こそが妖精だった。

湖の深い場所でこの国を温め、王族に力を与えている偉大な存在である。

「捕らえろ！」

堂々と姿を現したブランシュに思考停止していたランベールだったが、はっと我に返って騎士たちに指示を出した。

十数人もの騎士がブランシュに駆け寄るも、彼女はまったく焦りを見せない。

「遅いわ」

刹那、ブランシュの姿がふっとかき消えた。

「わたくしがなんの手立てもなく現れたと思っているの？」

嘲笑は、炎の妖精が包まれたガラス玉のそばで聞こえた。

（いったいどうやって⁉）

リティはずっとガラス玉を見ていたはずだ。

それなのになぜか、そこにブランシュがいる。

（大地の能力じゃなかったの……⁉）

リティがランベールに頼んでリコバの種を持たせたのは、候補者たちだけだ。

とっくに城から立ち去ったと思い込んでいたブランシュへの対抗手段がない。

「まあ、本当に汚らわしい」

うっとりと、それでいて憎々しげにブランシュが微笑む。

その瞳は炎の妖精を捉えていた。

「ねえ、リティ。試験でリコバの花を凍らせようと提案したのはあなたなのよね？

私、とてもうれしかったのよ。やっぱりこの国で最も氷に覆われた土地から来た人には、永遠を約束してくれる氷の美しさがわかるのねって。だからあなたが危ない目に遭ったとき、本当につらかったわ」

「なにを言っているの……？」

ついていけないリティの後ろで、ランベールが呻く。

「氷の妖精《テルス》の信者か」

それを聞いてリティは思い出した。

ブランシュは初めて話したとき、氷に覆われたクアトリーをしきりに褒めていた。

そして氷の妖精の申し子と呼ばれるジョエルに会ってみたいとも言っていたのだ。

「あなたならわかり合えると思ったから、氷よりも炎のほうがいいと言っても、最後まで残してあげようと思ったのよ。まさかデルフィーヌの代わりにお人形さんに襲われると思わなかったけれど」

リティの心臓がどくんと音を立てる。

「全部、あなたの仕業だったのね。私を襲った警備兵の様子がおかしかったのも、ニナに毒草を飲ませたのも、エリーズをゴーレムで襲わせたのも……！」

ブランシュ自身もお茶会で毒に倒れていたはずだが、あれは周囲の目を欺くための自作自演だったのだろう。

その証拠に、今の彼女は後遺症などまったく感じさせない。

「あなたと違って、わたくしの雷《ちから》は優秀なの」

ブランシュが手を広げると、ばちばちと音がして光が飛び散った。

「人間の身体は電気によって動いているって知っていた？　それを操作すればどんなふうにだって操ってあげられる。見えるものを見えないようにすることだってできるし、人の目では追えない速度で走ることだってできるのよ」

誰よりも薬草に詳しいニナが毒草に気づけなかった理由。

ブランシュが目にも留まらぬ速さで炎の妖精に近づいた理由。

リティの中で疑問がひとつずつ消えていく。

「大地に豊穣の力を与えるのもそう。雷は植物が必要とする空気中の栄養素を繋いで、水に溶かすことができるの」

ブランシュの力は、リティの兄、トリスタンと同じく雷の妖精に与えられたものだ。

彼が雷で音の伝達を行うように、彼女も様々な運用方法を見つけ出したのだろう。

ひとつの能力をそこまで複雑に扱うのは、妃候補に選ばれて当然の類いまれな能力だが、彼女はそれを他者を傷つけ、自分の目的を果たすためだけに使っている。

リティの目の前が怒りで真っ赤に染まった。

「あなたは天才よ、ブランシュ。その力でゴーレムまで生み出したんでしょ？」

「ええ、褒めてくれてありがとう。砂の中には雷に反応して、強力に引きつけ合う鉄の粒が交ざっているのを知っている？　それを繋ぎ留めれば、大地の能力がなくてもゴーレムくらい簡単に作れてしまうの。候補者の中にそういった能力を持った子はいなかったし、ちょうどよかったわ」

ブランシュは誰よりも早くランベールに自己紹介をし、ほかの候補者たちを無意識に扇動していた。

きっとそれは、候補者の持つ能力を把握するためだったのだろう。

(そんなに恐ろしい人だったなんて知らなかった)

氷の妖精を、氷という概念を狂信する彼女は、おそらくずいぶん前から炎の妖精を害する計画を立てていたのだ。

声をあげて楽しそうに笑っていたブランシュだったが、そこにもうひとつの声が交ざった。

「お喋りする余裕があるなんて、自分の勝利に酔っているというところかしら?」

苛立ちを隠しきれていないデルフィーヌの声が響き、突然ブランシュの身体がぴんと後ろにのけぞる。

デルフィーヌがブランシュを後ろから羽交い絞めにして拘束したからだった。

「いつの間に……!」

ブランシュは、たった今の今までそこにいなかったデルフィーヌの存在に驚く。

しかしすぐにその理由を察した。

「そこにいるあなたは幻影だったってことね、デルフィーヌ？」

候補者たちの横にいたデルフィーヌの姿がゆらりと揺れてかき消える。

「役に立たないとは言わせなくてよ」

「でも、私を捕らえておく力はないわ」

先ほどよりも激しくばちんと音がして、ブランシュの身体が白く発光した。

「きゃあっ！」

思わずブランシュの拘束を解いたデルフィーヌが膝をつき、自分の手を見つめる。

雷による攻撃を受けたのか、その手は麻痺によって痙攣《けいれん》していた。

その瞬間、広間がぐにゃりと揺らいで、見えている景色が変化する。

炎の妖精が入っているとされたガラス玉はどこにもなかった。

晩餐会の装飾も、壁際に並んでいた椅子も、花の飾りもすべて消えている。

そこに広がっているのは、がらんとしたなにもない広間だ。

デルフィーヌが幻影の能力を使ったのは、自分の姿を誤認させるためだけではなかった。

彼女はこの空間すべてを欺いていたのだ。

ブランシュが激昂《げっこう》する。

「騙したのね！」

炎の妖精がいないと知り、ブランシュが激昂《げっこう》する。

その間にリティはデルフィーヌのもとへ駆け寄り、彼女を支えた。

「先に皆を騙していたのはお前だろう」

広間を包む空気が一気に熱を孕む。

瞳に激しい炎を灯したランベールが、ブランシュに向けて手のひらをかざした。

「逃げられると思うな」

なにもない場所から勢いよく炎が噴き出す。

縦に伸びた炎の渦は蛇のように動き、ブランシュめがけて飛びかかった。

「わたくしに汚らわしいものを向けないで！」

ブランシュが目にも留まらぬ速さで炎をよけ、逃げる。

すでに騎士たちによって候補者が避難しているとはいえ、この場にいるだけでも火傷しそうなほどすさまじい熱量の炎だった。

「フィー、立てる？　あなたも離れていたほうがいいわ。一気に力を使って疲れたでしょう？」

「結局、わたくしは役に立てなかったのね……」

「ブランシュを追いつめられたのはあなたのおかげよ。無理はしないで」

リティはまだ身体が痺れているデルフィーヌに肩を貸し、彼女を安全な場所へ連れていこうと移動する。

「この国は間違っているのよ！　つくり変えねばならないの！」

悲鳴に似たブランシュの絶叫に、リティは少しも賛同できなかった。

（その手段がみんなを傷つけること？　だとしたら間違っているのはあなたよ、ブランシュ）

デルフィーヌを壁際に避難させた頃には、息を切らしたブランシュが騎士たちに囲まれていた。

「その力にも限界があるだろうに、後先考えずに使いすぎたな」

ブランシュを追い込んだジョスランが、刃のない剣を構える。

いや、本来刃があるべき場所には風が渦巻いていた。

風によって刃を作り出すのが、ジョスランの能力なのだろう。

「戦闘慣れしてない奴の典型的な失敗だ。諦めな」

「誰が諦めるものですか。この国を氷の妖精の手に取り戻すまで、わたくしは……っ」

かっとブランシュの身体がはじけるように発光すると、すさまじい勢いの雷が広間に落ち、天井が吹き飛んだ。

屋根の一部にぽっかりと穴が開き、そこから夜空が覗く。

リティたちが計画を実行する直前は晴天だったはずだが、今はしとしとと雨が降っていた。雷を扱うブランシュの能力に影響を受けているのかもしれない。

落ちた雷によって建物内に小さな炎が生まれる。

その炎は、徐々に強くなる雨脚に呼応するように、消えるどころかますます勢いを増していった。

「ここに炎の妖精がいないなら、それはそれでかまわないわ。いつかわたくしと志を同じくする者が、きっと想いを遂げてくれるはずだから」

ランベールの能力に関係のない炎がぱちぱちと電気をはじけさせる。

「でもここには、直系の王族がいる。この国唯一の後継者が」

最後の力を振り絞ったブランシュがランベールに向かって飛び込んだ。

雷と化し、その速度で移動するブランシュを止められる者はいない。

（嫌……だめ）

咄嗟に動けなかったリティは、光がランベールを貫く瞬間を強く否定した。

（止まって――！）

最悪の事態を逃れるために願った瞬間、以前にも感じたすさまじい冷気を感じると同時に、辺りを包んでいた轟音が消え失せた。

直後、これまで王都に来てからたびたび聞こえていたちりちりという氷の音が、そこかしこから湧き出る。

次第に大きくなるその音は、胸を締めつけられるような切なさを伴っていた。

歯が鳴るほどの冷気が襲いかかり、リティは無意識に自分の身体を抱きしめる。

しかし今は冷気にかまけている場合ではなかった。

「え……？」

ありとあらゆるものが止まっている。

まるでこの一瞬を切り取ったかのようだった。

そばにいたデルフィーヌを見るも、襲われるランベールを視界に捉えた絶望の表情のまま動かない。

ブランシュに向かって駆けるジョスランも、ほかの騎士たちも、不自然な体勢のまま静止していた。

もちろんランベールと、身体の一部を雷に変えて彼に降り注ごうとするブランシュも止まったまま動こうとしない。

立ち上がったリティは、自分だけがこの空間で動けることに気がついた。
「な、に……なにが起きているの……？」
思わずつぶやいたリティの前に、手のひら大のふたつの光が浮かび上がる。
片方は燃えるように赤く、もう片方は凍りそうなほど冷たい青い色だ。
『こんにちは、私の愛し子』
丸い光がふわふわと浮かんだまま、リティに優しく語りかける。
女声に聞こえるそれは声であって声ではなく、頭の中に響いていた。
「誰……？」
『あなた方が妖精と呼ぶものです』
赤い光がリティに近づき、お辞儀をするように揺れた。
『私たちはあなたの力に従い、この時間を止めました』
『ここでなら本体も近くて説明がしやすいんでな』
青い光から聞こえる声は低く、男性的だった。
「説明？　私の力？　花を咲かせる能力じゃないの？」
『お前は時を凍らせ、溶かす力を持っている。私たちの力を併せ持っているんだ』
リティには光たちがなにを言っているのか理解できなかった。

「でも……私が願ったらちゃんと花が咲くのよ」

『時を溶かして進めているだけに過ぎない』

『あなたが永遠を願った花は、いつまでも朽ちずに残っているでしょう？　それは永遠に時を凍りつかせたからよ』

リティは実家の小さな花畑を思い出した。

どんなときでも咲き続ける美しい花々は、リティが幼い頃永遠を願ったものだ。

「また私が願えば、この時間が動きだすのね？」

『ああ。だが、その前に……』

青い光がふわりと飛んでブランシュの肩に止まる。

『この子は私が連れていったほうがよさそうだ。炎の妖精《かのじょ》が祝福した者の末裔《まつえい》を奪わせるわけにはいかない』

凍った時の中で、ブランシュの身体が氷に包まれていく。

足先からゆっくりと凍っていく様は、リティに複雑な思いを抱かせた。

『かわいいリティシア。私たちの愛し子。あなたのような存在が生まれるとは思っていませんでした』

『お前がその力を悪用しないよう願っている。もしもそんなことがあれば――』

リティの目の前で、ふたつの光と景色の境目が曖昧になっていく。

くらりと眩暈を感じたリティは、そろそろ時が動きだすのを悟った。

「私はこの力を、みんなの役に立つために使うわ。決して悪用しないと約束する」

なんとかそう伝えると、ふたつの光が淡く発光し、空気中にすうっと溶けた。

彼らがリティの言葉をどう受け止めたかはわからなかったが、その直後に時間が動きだす。

「あっ……えっ？」

ランベールに襲いかかったブランシュは、自分がなぜか胸もとまで氷漬けになっていると気づいて戸惑いの声をあげた。

「どうなっているんだ……」

ランベールもまた驚いた様子を見せる。

ブランシュは今もなお自分が凍っていくのを察して、恍惚とした表情で笑いだした。

「ああ、なんて素晴らしいの！」

彼女は氷を盲目的に愛している。

だからこの後に自分がどうなるか知っていても、歓喜の声をあげたのだろう。

「ブランシュ……」

もう危険はないと悟り、リティはブランシュに歩み寄った。

そして氷の彫像と化していく彼女を見上げ、唇を噛みしめる。

「あなたとちゃんとお茶会をしたかったわ」

「ごめんなさいね、リティ。わたくし、熱いものは嫌いなの」

その言葉を最後に、ブランシュの頭上まで一気に氷が広がった。

きしむ氷の音は、流氷が流れ着く土地で長年生活していたリティにとって、聞き慣れたものだ。

広間には炎が広がっているのに、氷の妖精によって作られたブランシュの氷像のせいか、急激に気温が下がる。

くしゃみをしたリティは、もうブランシュがなにも話さなくなったことを知って項《うな》垂《だ》れた。

「事情を聞いている余裕はなさそうだな。いずれここも崩れる。早く逃げるんだ」

激しい攻撃とブランシュが落とした雷の余波で、広間は燃え盛り、いつ崩壊してもおかしくない状態だった。

「殿下！　外です！　鳥たちが！」

デルフィーヌを抱えたジョスランが大きな窓のそばで声を張り上げる。

ランベールはうなずいて応えると、リティの手を掴んだ。

「窓から逃げるそうだ。鳥の乗り方は覚えているな？」

「はい！」

駆けだしたふたりは、ジョスランに導かれて窓の外へ飛び込んだ。

そこには鳥舎にいた戦鳥たちが飛び交っている。先に外へ飛び出した者たちは、すでに戦鳥によって救出されたらしい。

リティたちの身体は、重力に従って地面に落下する前に、滑《すべ》り込んできたほかより小柄な鳥に支えられた。

「あら？　あなた……」

リティはやけにふわふわした戦鳥にしがみつき、その顔を覗き込んだ。

「どうした？」

「この子、あのときの雛です。いつの間にこんなに大きくなっていたの？」

ほかの戦鳥よりはひと回り近く小さいものの、ずいぶんと大きくなった鳥が、クルルと成鳥に似た鳴き声を発する。

まだその声は幼く、成鳥に比べるとかわいらしかった。

「君の危機を察して助けに来てくれたのかもしれないな」

「だとしたらうれしいわ。でも最初に飛ぶところを見たかっ――」

無事に脱出して安堵したのも束《つか》の間《ま》、急に雛が翼を動かすのをやめてしまう。

「ちょ、ちょっと！」

きゅうう、と雛が情けない声で申し訳なさそうに鳴く。

飛べるようになったとはいえ、ふたりの人間を乗せるのは難しかったようだ。

「きゃああっ……！」

真っ逆さまに落ちていくリティを、ランベールがしっかりと抱きしめる。

そのまま落下するかと思いきや、素早く飛んできた別の戦鳥がふたりを受け止めた。

「ど、どうなるかと思ったわ……」

「あいつには飛ぶ訓練をしてやったほうがよさそうだ」

へとへとになっている雛が疲れた顔でそばを飛んでいる。

「ともかく、終わったな」

「はい」

空を見上げると、ブランシュの放った雷の影響で雨が降っていたのに、もう晴れて星が見えている。

「ランベール様と戦鳥に乗るのは二度目ですね」

「そうだな。もうずいぶん昔のことのように思える」

（あのとき、私たちは……）

世界中にふたりしかいないと錯覚するような時間の中で、言葉にせずともふたりの気持ちは通じ合っていたと、今はわかる。

胸がぎゅっと締めつけられるのを感じ、リティは後ろを振り返った。

「ランベール様、私……」

「今こそあの日の続きをしたい」

初めて戦鳥に乗ったときよりも距離を近く感じるのは、心の距離が近づいているからかもしれないとリティは思った。

もう前回のようにはランベールを拒めそうにない。

「私も……したい、です」

目を閉じたリティの唇に、温かな感触が落ちる。

「俺が生涯をともにしたい相手は君だけだ」

「私が一生支えていきたいのは、ランベール様だけです」

ランベールはリティを妃にすると言ったが、まだ確定したわけではない。

リティを執拗に追いやろうとしたイーゼル卿の件もあり、不安は残っている。

だが、リティは自分が妃になれなくてもいいと少しだけ思ってしまった。

（一生分の恋をしたわ。この思い出だけで生きていけるくらい……）

いつまでもこうしていられないからこそ、ぎりぎりまでふたりはお互いのぬくもりを確かめた。

自分のための結婚

西の邸宅での出来事からひと月が経った。

一連の事件は氷の妖精を信仰するブランシュが単独で行動しただけで、組織的な犯行ではないと判断されている。

とはいえ、彼女を推薦した貴族がおとがめなしというわけにはいかず、徹底的な調査の末、領地や財産の一部没収という罰が与えられた。

氷漬けになった彼女の彫像は、西の邸宅の崩壊とともに粉々になったそうだ。

これまでの悪行があるにせよ、一時は友人関係にあったリティの胸は痛んだ。

唯一希望があるとすれば、氷の妖精がブランシュを『連れていこう』と言っていたことだろう。

リティは、ブランシュの魂は美しい氷に囚《とら》われたまま眠り続けているのだと思うことにした。

そのリティはというと、まだ一応ランベールの妃候補である。

ランベールが彼女を脱落させようとする議会に掛け合い、時間稼ぎを行ったおかげもあるが、ブランシュの件で疑いが晴れたのも幸運だった。

慣れないドレスに身を包んだリティは、城の大広間に足を踏み入れる。

ランベールがデルフィーヌを選ぶよう、方々から圧力をかけられているのは聞いていたが、ここで選ばれるのが自分でなかったとしても結果を見届けたいと思っていた。

選ばれるのは国のために用意された花嫁のデルフィーヌか、それとも。

(大丈夫よ。殿下を……ランベール様を信じましょう)

大広間には大勢の人々が集まっていた。

未来の王妃を祝福に来た者たちばかりで、しつらえた玉座には国王と王妃の姿があった。

息子の晴れ舞台をどう思っているのか、表情からはうかがい知れない。

「これより、ランベール・エリゼ・ノルディア殿下の妃を選定する」

高らかに告げたのはイーゼル卿だった。

リティは彼にされた嫌がらせを思い出し、少し顔をしかめる。

「候補者たちは、前へ」

ブランシュの一件以来、試験は行われなかった。

邸宅の復旧作業や、ほかに怪しい者がいないか調査に人員と時間を割かれていたのと、試験をしている場合なのかという声が候補者たち本人からあがったためである。

よって、彼女たちはこの場で選ばれることになった。

リティも含めた五人の候補者が広間の中央に横並びになり、玉座に佇む国王夫妻に頭を下げる。

その中でやはりひと際目立つ優雅さを見せたのはデルフィーヌだった。

「今日に至るまで、候補者たちは——」

イーゼル卿の形式的な口上の間、リティは自分の気持ちを落ち着かせていた。

この後、妃となる候補者の名前があがる。

リティはそれがデルフィーヌだったとしても、涙は流すまいと心に誓った。

「——それでは、発表いたします」

場内にあまり緊張を感じないのは、暗黙の了解でデルフィーヌになるとわかっているからだろうか。

イーゼル卿はたっぷり間を取ると、勝ち誇ったように声を張りあげる。

「デルフィーヌ・マルグリット・ルビエ様。あなたが次代のノルディアの国母となられるお方です」

拍手が湧き上がり、顔を上げたリティもそれに続こうとした。

視界の隅でランベールの顔に怒りと戸惑いが浮かんでいるのが見え、もしかしたらこれは彼の想定していた展開ではないのかもしれないと考える。

ランベールはリティにやれるだけのことをやったと言い、だからこそ彼女に自分の気持ちを伝えた。

もし、発表する段階でイーゼル卿が勝手にデルフィーヌの名を出したのだとしたら、ランベールが怒るのも当然である。

黙って見過ごすわけにはいかなかったのか、ランベールがイーゼル卿に駆け寄った。

「どういうことだ、イーゼル卿。話が違――」

「殿下、神聖な儀式の途中ですので」

しかし、場の流れは完全にイーゼル卿にあった。

すでにデルフィーヌの名を出した以上、もうランベールには騒ぎを起こせないとたかをくくっているようだ。

反論を封じられてなおイーゼル卿に物申そうとしたランベールだったが、そんな彼を凛とした上品な声が止める。

「お断りいたしますわ」

凛と胸を張ったデルフィーヌがよく通る声で言う。

「……は？　え？」

まさかの事態にイーゼル卿が素の反応を見せる。

「今、なんと……」

「お断りいたします、と申し上げました。この国にはわたくしよりも未来の王妃に……生涯、ランベール殿下の隣にいることがふさわしい女性がいます」

息をするのも忘れていたリティに、デルフィーヌが笑いかける。

「わたくし、友達は裏切れなくてよ」

胸を詰まらせたリティは、泣くまいと思っていたのに涙を流してしまった。

「そういうわけですので、わたくしは辞退させていただきます。ごきげんよう」

デルフィーヌは決して下を向かず、胸を張ってリティたちに背を向けた。

ランベールがそばに控えていたジョスランにひと言なにか告げると、忠実な騎士の顔いっぱいに驚きが浮かぶ。

彼はランベールに頭を下げて、颯爽《さっそう》と広間を立ち去るデルフィーヌを追いかけた。

「よもや、こんなことになろうとはな」

はくはくと口をわななかせているイーゼル卿の代わりに、国王が話し始める。

「ランベール。歴代でも妃に逃げられたのはお前が初めてであろうな」

控えていたランベールは、国王をまっすぐに見つめ返す。

「お言葉ですが、父上。まだ妃ではありません」

「そうだったな。それで、お前はどうする？」

「……私は」

ランベールは振り返って候補者と——リティを見た。

「選ばれた妻ではなく、自分で選んだ女性を妻としたいです」

自分自身の未来のために、と言外に込められているのは明らかだった。

彼もまた、デルフィーヌがつくってくれたこの奇跡にすべてを賭けている。

「彼女が妃にふさわしい理由は、選考に携わった役員に伝えております。彼女が妃となれば、どのような国を築いていけるかも。……この場で告げるべき未来の妃の名は、直前で変わったようですが」

詳細を知らないリティでも、ランベールが陰でどれほど戦ったかわかる気がした。

国王はしばらく黙った後、隣の王妃になにかをささやいた。

そして少し笑ってから、再びランベールに向き直る。

「元来、妃選抜は他者の思惑を介さない純粋で崇高なものであった。この選抜の本来の目的は、いずれ未来の王妃となる者が国内の有力者たちと縁を深めるためのものだ。我が妃が、かけがえのない友に恵まれたように」

大広間はしんと静まり返っていた。

リティも呼吸すら忘れて、国王の言葉に耳を傾ける。

「お前は少々、周りの意見を聞きすぎるきらいがある。……心のまま、したいことをするがよい」

ランベールは力強くうなずくと、改めてリティの前へ歩み寄り、その足もとにひざまずいた。

「リティシア・クロエ・ティルアーク殿」

「はい」

「私の妃となってくれないか？」

リティは周りに気づかれないよう、そっと自分の手をつねった。

（夢じゃないんだわ）

信じられない思いで、右手をランベールに差し出す。

「喜んで……お受けいたします」

「ありがたい。ノルディアの炎が絶えるその日まで、君を愛すると誓おう」

ランベールがリティの手を取り、指先に口づけを贈る。

その瞬間、外から奇妙な歌声が響いた。

「戦鳥たちが歌っている。きっと君を祝福しているんだ」

「どうしてわかったんでしょう？　ここにいるわけでもないのに」

「彼らが家族のために歌うのは、雛が生まれたときにも聞いただろう。きっとなにかを感じる力があるんだ」

立ち上がったランベールがリティを抱きしめる。

「君を愛する家族は大勢いるようだが、夫は俺だけだからな」

「はい！」

ふたりは当然のように口づけを交わした。

これまでが許されない関係だったこともあり、ついにと呼べるキスだった。

なにが起きたのかと驚いていた参列者たちだったが、最初に候補者のひとりが拍手したのをきっかけに手を叩き始める。

物語の一節として語り継がれそうな劇的な結末を、祝福しない者はいなかった。

ここからが本番

無事に妃に選ばれたリティだったが、ここからが始まりだった。

「先生……これ以上、勉強をしたら頭が割れそうです」

自室で泣き言を言うリティに、厳しい声が刺さる。

「甘えないでちょうだい。このわたくしを押しのけて妃になったのだから、どこの国の妃よりも完璧な作法を身につけてもらうわ。子供っぽい口調も改めてもらうつもりよ。覚悟なさい」

晴れ晴れとした顔で言ったデルフィーヌが、嫌がるリティに教本を押しつける。

「これは昨日までに暗記しなさいと言ったでしょう。覚えられるまで昼食はなしよ」

「そんな！　妃なのに！」

「あら、じゃあ時間が経てば経つほど食事を質素にしていくのはどう？　最後は水と塩だけになるの」

「もっとひどいじゃない！」

悲鳴をあげたリティは、ふたりの様子を見て笑っている友人を振り返った。

「ニナもエリーズも、笑っていないで助けて」

「無理だよ。相手はデルフィーヌなんだから。私たちまで一緒に怒られたくないもん。ね、エリーズ」

「ええ、そうですね。教育係としてデルフィーヌさんを選んだのはリティさんですし」

「それはそうなんだけど……」

リティはデルフィーヌから一般的な礼儀作法や教養を学び、ニナからは薬草を主とした植物学を学んでいる。

勉強を苦手とするエリーズだったが、彼女には意外にも乗馬の才能があった。

妃になった以上、他国に赴くこともないわけではないため、リティは戦鳥に適さない地域でも移動手段に困らないよう、エリーズからは乗馬を学んでいる。

デルフィーヌは馬車に乗れと再三言い続けていたが、リティはエリーズの語る乗馬の魅力に取りつかれていた。

もともと動物が好きなのもあり、今ではひとりで軽く歩かせる程度には馬を操れるようになっている。

（この後の乗馬のために頑張ろう……。お昼ご飯も死守しなくちゃ……）

リティが押しつけられた教本をいやいや開くと、誰かが扉を叩いた。

　これ幸いと慌ててデルフィーヌのもとを逃げ出し、外の人物を招き入れる。

「ランベール様！　お仕事が終わったんですね」

「ああ」

　ランベールはジョスランを伴って部屋に入ると、室内にいた三人を見て苦笑した。

「なんだ、またお喋りか」

「違います。ちゃんと勉強中でした」

「嘘ですわよ、殿下。お説教中でしたの」

「フィー！」

　慌てて止めるリティだが、デルフィーヌはつんとすましている。

「デルフィーヌに任せておけば心配はなさそうだな」

「それはそうなんですけど……」

　はあ、と息を吐いたリティは、ランベールの持つ手紙の束に気がついた。

「それは？」

「君のご実家からの手紙だ。……ものすごい量で驚いた」

「あー……すみません」

　リティは手紙を受け取ると、さっそく一通目を流し見た。

ひくりとリティの唇の端が引きつる。

さらに二通目を見て、ますますその顔がこわばった。

「なになに？　なんて来たの？」

好奇心旺盛なニナが目を輝かせて尋ねる。

「どっちも『結婚なんてやめろ、うちに帰ってこい』……よ。この調子ならほかの手紙の内容も同じね」

「妃に選ばれたのに、反対していらっしゃるんですか？」

エリーズが驚いたように言い、リティはあきれ顔のままうなずいた。

「そういう人たちなの。父は娘《わたし》を取られたくないみたい。兄さんたちもここへ来る前は、私の未来の夫を相手に決闘を仕掛けるつもりだったのよ」

「なんだと……」

絶句するランベールの背後で、ジョスランが笑いをこらえている。

「あの雷帝トリスタンとやり合うときは教えてくださいよ。俺、弁当持って見学に行きますんで」

「こういうときは最も信頼する騎士を代理で戦わせるものじゃないか？　トリスタン殿との勝負はお前に譲ろう」

「遠慮しておきます……と言いたいところですが、高名な騎士に手合わせ願うのも悪くないですね。その流れでマルセル殿やジョエル殿にも出てきてもらいたいもんです。殿下もいい運動ができるんじゃないですか？」

「俺にそのふたりと戦えと？　正式な結婚の前にリティを寡婦《やもめ》にするつもりか？」

「そうならないよう、私が父さんたちに言って聞かせますから安心してください」

ジョスランがそれを聞いてまた笑った。

「まあ、そのうちクアトリーに挨拶に行くのはいい考えかもしれないな」

「あなたが行くんですか？　父さんたちを来させるんじゃなく？」

「海の守りが甘くなる。俺の代わりはいても、マルセル殿の代わりはいない」

「ランベール様の代わりもいませんよ」

リティが言うと、ランベールは虚を突かれて目を丸くした。

すぐにその頬が赤くなったのを見て、デルフィーヌが立ち上がる。

「わたくし、勉強に使う新しい本を探してこようと思います」

「あ、私も行くー」

「では、私もご一緒いたします」

空気を読んだデルフィーヌに続き、ニナとエリーズも席を立った。

「じゃあ俺はお嬢さんたちの護衛をするということで」

ジョスランも後を追いかけようとすると、デルフィーヌがむっとした顔で睨む。

「あなたはついてこなくてよろしくてよ。適当に外で草でも見ていなさいな」

「いやいや、お三方の身になにかあっては殿下に怒られますから」

「いつもそう。へらへらして、本当に気に入らないったら……」

文句を言いながらも、デルフィーヌはジョスランを拒みきらなかった。

妃を辞退して以来、妙にふたりの距離は近いが、それを指摘するとデルフィーヌは真っ赤になって怒ってしまう。

四人が部屋を出ていくと、一気に静かになった。

「いい友人を持ったな。やっとふたりきりになれた」

そう言ってランベールがリティを抱きしめる。

リティも笑顔でランベールの背に腕を回した。

「早く結婚式を挙げたいものだな。なぜ、こんなに準備が必要なんだ」

リティは妃として選ばれたが、厳密にはまだそうではない。

結婚式で国内外に夫婦になった事実を示してから初めて、妃と呼ばれるようになる。

それまでは一応、まだ妃候補なのだった。

「陛下が張りきっていらっしゃるからですね」

「これ以上口出ししないよう、俺からも言っておく」

意外にも国王夫妻は、国のための結婚《デルフィーヌ》を望まなかった息子を歓迎した。

むしろこの結婚に乗り気なくらいで、リティもなにかとよくしてもらっている。

「まさか陛下があんなに親切にしてくださるとは思いませんでした」

「ある意味、君との結婚が最も国のための結婚になると思ったからじゃないか？」

「そうでしょうか？　後ろ盾も弱いですし、私にはなにも……。あっ、でも時を操る能力がありますね」

今までに例を見ない希少な能力は、ランベールとデルフィーヌだけに教えている。

ふたりともその力をどう利用するかではなく、まずリティの身の安全を考えた。

その結果、秘密を知る人は少ないほうがいいだろうということになり、そのふたりとだけの共有にとどめたのだった。

「それもそうだが、君には友人が多いだろう。敵がいないと言ってもいいが」

リティを誤解し、避けていた候補者たちは、ブランシュの件があってすぐ謝罪にやってきた。

あの状況では仕方なかったという思いもあったため、謝罪を受け入れたリティだったが、デルフィーヌは今も彼女たちに思うところがあるらしい。

彼女が代わりに怒ってくれるから、リティもすんなり許せたというのはある。

ほかの候補者たちも、多くがリティを祝福してくれた。

手紙のやり取りが膨大な量になってはいるものの、狭い世界で生きてきたリティにとって、新しい交友関係が広がっていくのは喜ばしいことだった。

「ただ、少し友人を重視しすぎているな。それと、戦鳥もか」

不満げなランベールに文句を言われて、リティはくすくす笑う。

「あなたも仕事を最優先にするでしょう？」

「君とゆっくり過ごすためだ」

ランベールの指がリティの顎を捉えて持ち上げる。

「今みたいな時間は、できるだけ長いほうがいい」

「……止めます？」

時を止めることを匂わせたリティだったが、すぐにその唇を塞がれた。

「キスをできなくなるからやめてくれ」

一度触れるだけでは物足りなくて、リティからもねだるように背伸びをする。

何度唇を重ねても欲張りになるのが不思議だった。

ふたりは角度を変えて求め合い、不意に顔を見合わせて笑った。

「やはり君の瞳はきれいだな」

「ランベール様こそ」

優しい新緑の瞳と、温かな炎の瞳が絡み合う。

ふたりの幸せな時間を止める必要はなかった。

気が利く友人たちによって、誰にも邪魔されなかったからだ。

END

番外編

花言葉は『永久の幸せ』

今日も今日とて、リティは勉強に明け暮れていた。

美しい蔦《つた》模様が彫られた木製の勉強机からは、もう何時間も離れていない。

彼女の先生となったデルフィーヌから強制されたわけではなく、リティ自身が望んでこうしているのだが、さすがに限度というものがあった。

妃となるにあたって必要な教本を読みあさり、頭に叩き込んで忘れないように書きつけるのを繰り返していると、不意に扉を叩く音がする。

「リティ、入っても平気か？」

ランベールの声が聞こえるなり、リティはようやく立ち上がって机を離れた。

「はい、もちろんです」

失礼する、という低い声の直後に扉が開き、リティの未来の夫であるランベールが室内に入ってくる。

ふたりの関係はいまだ婚約者のままだ。

結婚式の準備もそろそろ佳境になってきているが、だからこそ忙しすぎてゆっくり過ごす時間を取れていない。

ランベールは王子としての公務が山ほどあり、リティも今からできる仕事に着手しながら勉強をしているからだ。

「なにかご用ですか？」

「先日、君に意見をもらった件について報告をと思ってな」

ランベールがリティの勉強机に書状を広げる。

ふたりとも真面目で勤勉な性格がある意味災いしているのか、誰も見ていないときでもよく国の政策や他国との外交について熱い議論を交わした。

そのせいで婚約者らしい時間を取れずにいるのだが、ふたりにとってはこれも楽しい時間である。

「各地方の中枢となる領地に、中央との連絡を密に取るための施設を設置するのはどうかと言っていただろう」

「はい。でも莫大な初期投資がかかることと、十年単位の長期的に考えねばならない案だからと、議会で承認を得られなかったはずです」

「ああ。だが、試験的にトルカ地方での導入が決まった」

「えっ！」

「いや、決めたというほうが正しいか」

目を輝かせたリティに向けて、ランベールが苦笑する。

「指定した領地はクアトリーだ。管理はマルセル殿に一任する——」

「父では難しい気がします。机仕事は本当に苦手だそうなので……」

「と、言われそうな気がしたからジョエル殿にお任せした」

リティは改めてランベールに尊敬の念を抱いた。

(この方は本当に私のことをよく理解していらっしゃるわ)

この場合、彼が理解しているのはマルセルのほうになるかもしれないが、リティにはどちらでもよかった。

リティのことも、家族のことも、ランベールはちゃんと考えてくれている。

「それにしてもどういう流れでそうなったのですか?」

「議会で懇切丁寧に説明しただけだ。長期的に考えねばならない事案なら、早いうちから着手しておきたい。たしかに初期投資はかかるかもしれないが、地域の働き手の仕事も増えるし、商人たちもこの施設を拠点にできる。結果的に経済が潤うはずだ」

ほかにも利点は多かった。

貧困にあえぐ民はその施設に行けば最低限の食事が与えられ、場合によっては仕事を斡旋されて手に職をつけられるのだ。

直接的な管理は指定された人物が行うとして、金銭や人材の援助は国が担当する。

「君の提案をもとに、この国はいい方向へ向かおうとしている。ありがとう」

「いいえ、私の拙い案を真剣に聞いてくださるランベール様のおかげです。中央の事情も知らない田舎者が、と言われても仕方のない荒唐無稽な案でしたのに」

「そう卑下するな。ほかの誰にも出せない意見だった。最後は議会の連中も、『さすが妃選びで認められた方だ』と君を褒めていたぞ」

イーゼル卿は除くが、とランベールは正直に付け加える。

妃選びでリティを執拗に蹴落とそうとしていたかの貴族は、残念ながら選考員の役目を終えた後も議会に所属し続けていた。

妃選びにて暗躍が発覚しても処罰しないのは、「相変わらず俺の意見にはひと言言わないと気が済まないようだが、身になる意見も多いし、すべての意見を聞く前から切り捨てるのは間違っている」というランベールの公平な考え方に基づいていた。

ルビエ家と手を組んで恩恵にあずかろうとしていた件については看過できないが、イーゼル卿には長年国政に携わってきた経験と知識がある。

ランベールはそれを、国のために利用するつもりだった。

今では、越権行為に近い振る舞いをしていたイーゼル卿も少しおとなしくなり、しっかりランベールに手綱を取られているようだ。

「私を選んでくださったのは、ランベール様ですよ」

「君が、俺に選ばせたんだ」

リティを見つめるランベールの瞳は、穏やかで温かい。

「その瞳に囚われたときから、君のことばかり考えていた」

まっすぐな言葉に慣れないリティの頬が赤く染まる。

「お……お話はそれだけでしょうか」

男所帯で、同世代の娘たちと過ごす時間も少なかったリティに、こういうささやきは効果てきめんである。ランベールもそれをわかっていてからかっている節があった。

「いや。たまには気分転換に誘おうかと」

どうやら仕事の件はついでだったらしい。

「でも私、まだ勉強が」

「息抜きも必要だろう」

そう言われても、自分がまだ、ランベールの隣に並び立てる『妃』になれていないと強く思っているリティは、すぐうなずけなかった。

しかし、彼女のために厄介な貴族たちを説得し、最終的に望みを果たしたランベールには、どうすればリティが机を離れてくれるのかよくわかっていた。

「君が孵化に立ち会った雛に、変わった模様が浮かんだらしい。見に行かないか?」

「行きます!」

あっさりつられて即答したリティは、自分がまんまとランベールの思惑通りの反応をしたと気づいて気まずげな顔になる。

「……ずるいですよ」

「君の気を引きたいときは戦鳥を使えばいい。そうだろう?」

お見通しだと言わんばかりの得意げな表情を前に、リティはなにも言えなかった。

ふたりは戦鳥の背に乗って、王都から少し離れた小高い丘の上に降り立った。

かつて抱えられる大きさだった雛も、今では立派な体躯になっている。

「ここまでありがとう。上手に飛べるようになったのね」

リティが首の羽毛に顔を埋めて言うと、雛は誇らしげにクルルと鳴いた。

「鳥丁から聞いたが、ここまで見事な真紅の戦鳥は珍しいそうだ。結婚式までに躾が間に合えば、君専属の戦鳥として贈られるかもしれないな」

目を輝かせたリティは、はしゃぎすぎたと気づいてすぐ自分を抑え込んだ。

「まあ……！」

だが、ランベールにはとっくに見抜かれている。

「こうなると俺からはなにを贈ればいいか悩むな。戦鳥以上に君を喜ばせるものが、果たして存在するのかどうか……」

「ランベール様が一緒にいてくださるなら、それだけで充分ですよ」

「悪いが、俺が充分じゃない」

ランベールがリティの手を優しく引き、リコバの花が咲く草むらに導いた。

満開には程遠いが、花から漂う甘く爽やかな香りは風に交じっている。

「きれいな場所ですね」

「ああ」

うなずいたランベールは上着を脱ぐと、リティの服が汚れないよう草の上に敷いた。

少しためらったリティだったが、婚約者の好意を拒むのも申し訳ない気がしておとなしくその上に座る。

ふたりはしばらく黙ったまま、丘からの景色と甘い風の香りを楽しんでいた。

雛は木に繋がれたわけでもないのに、飛び立つことなくその場に腰を下ろして羽づくろいをしている。

穏やかな時間であると同時に、妙な緊張感を生む時間でもあった。

特にリティは恋愛に疎いため、次にどう行動するのがふさわしいかわからず、内心焦ってしまう。

（手とか、繋いだほうがいいのかしら……？）

先日、リティはデルフィーヌとジョスランが手を繋いでいる姿を見た。

王子の腹心の騎士と未来の妃の教師である前に、ふたりは幼なじみでもある。

顔を合わせるたびにつんけんしたやり取りをしていたが、寄り添うふたりの雰囲気はリティの知らないものだった。

あの空気に、リティはひそかな憧れを抱いたのだ。

（ちょっとだけ……）

おずおずと手を伸ばし、少しずつランベールの手に近づける。

腰の真横に置かれたランベールの手まで、大した距離はないはずなのに、やたらと遠く感じた。

やがてリティの小指の先と、ランベールの小指の先がちょんと触れ合う。

「ん？」

触れたか触れていないかわからないほどだったのに、ランベールは敏感に察してリティのほうを向いた。

そこにいたのは「やってしまった」という顔で真っ赤になり、完全に硬直しているリティである。

「なにを固まっているんだ」

ふっと笑ったランベールがリティの赤くなった頬に触れる。

風に流された髪を整えるだけのさりげない仕草も、今のリティには刺激が強い。

「手を……その……」

ランベールは不思議そうな顔をしたものの、すぐに意図を察したらしかった。

行き場を失くしているリティの手を取り、優しく握る。

「こうか?」

リティの喉の奥から奇妙な声が漏れる。

緊張と動揺、そしてかつては知らなかった『ときめき』を感じて限界を迎えていた。

「なんだ、俺に触れられるのはそんなに緊張することか?」

「す……すみません」

「少しずつ慣れてくれ。もっと遠慮なく触れたいから」

リティが声をあげる間もなく、ランベールは小さな手を口もとに引き寄せて指先にキスを落とした。

「手を握ってくださるだけかと……」

「なにを今さら。初めてのキスは君からだっただろう」

「あれは……！」

「もうしてくれないのか？」

期待した目で見つめられると、リティには拒みきれない。

ランベールはリティの瞳に囚われていると言ったが、リティだって彼の炎の色をした瞳に心を囚われているのだ。

（この方は本当にずるい）

心の中で文句を言い、リティはぎこちなくランベールに顔を寄せた。

初めて自分から求めたときは頬へのキスだったが、ランベールが望んでいるのはそれではないとわかったから、ちゃんと唇に口づけを贈る。

ただ、触れた時間は一瞬よりもまだ短いほど刹那だった。

熱いものに触れたときと同じくらい素早く離れたリティを見て、破顔したランベールが声をあげて笑う。

そんな未来の夫の姿を見て、リティは不思議な気持ちになった。

（ここにいるのはノルディアの王子殿下じゃなくて、ただのランベール様なのだわ）

緊張でこわばっていたリティの心が少しずつ解け、余裕を感じるにつれてランベールへの愛おしさが募る。

（私たちにはきっとこれからも多くの試練が待ち受けている。でも、これからもこの方の幸せを支えていきたい）

そんな気持ちを胸に、リティはランベールからのお返しのキスを受け止めた。

END

あとがき

こんにちは、晴日青です。

このたびは『落ちこぼれの辺境令嬢が次期国王に溺愛されて大丈夫ですか?~モフモフしてたら求婚されました~』をご購入いただき、誠にありがとうございます。

今作は今まで執筆した作品の中でも特に登場キャラクターの数が多かったですね。田舎出身の天然主人公リティシアに始まり、好奇心旺盛なニナや、おっとり令嬢のエリーズ、辛辣お嬢様のデルフィーヌに、好きなものに一途すぎるブランシュなど、なかなか個性的な女の子が多かったと思いますが、お気に入りの子は見つかったでしょうか?

リティの家族ももっと活躍させたかったのですが、本編が大ボリュームになったので泣く泣く断念です……。

本作はばたばたしながらの執筆だったので、無事に発売日を迎えられてほっとしております。

これもひとえに、多くの方々にお力添えいただいたおかげです。

いつも本当にありがとうございます！

ボダックス先生による美麗イラストも眼福で、頭を抱えてしまいますね。ランベールの正装のもふもふも「これ！」というもので大興奮でしたし、リティのおかわいらしさも最高でした。

作中に出てくる鳥さんの雛も描いてくださっているのですが、あんまりにもかわいいので、イラストに合わせて描写を盛りに盛りました。

ミミズク系の羽角がべりーべりーきゅーとだと思っているのもあり、今回出てくる鳥さんたちにはファンタジーらしさを強めるためにも、お耳をつけていただいております。なんてかわいいの！

最初から最後まで、鳥さんに興奮しっぱなしの本作でした。

それではまた、どこかでお会いできますように。

晴日《はるひ》青《あお》

晴日青先生への
ファンレターのあて先

〒104-0031
東京都中央区京橋1-3-1
八重洲口大栄ビル7F
スターツ出版株式会社　書籍編集部　気付

晴日青先生

本書へのご意見をお聞かせください

お買い上げいただき、ありがとうございます。
今後の編集の参考にさせていただきますので、
アンケートにお答えいただければ幸いです。

下記URLまたはQRコードから
アンケートページへお入りください。
https://www.berrys-cafe.jp/static/etc/bb

ベリーズ文庫

この物語はフィクションであり、
実在の人物・団体等には一切関係ありません。
本書の無断複写・転載を禁じます。

落ちこぼれの辺境令嬢が次期国王に溺愛されて大丈夫ですか？
～モフモフしてたら求婚されました～

2023年9月10日　初版第1刷発行

著　者　晴日青

発行人　菊地修一
デザイン　カバー　ナルティス
フォーマット　hive & co.,ltd.
校　正　株式会社文字工房燦光
発行所　スターツ出版株式会社
〒104-0031
東京都中央区京橋1-3-1　八重洲口大栄ビル7F
TEL　出版マーケティンググループ　03-6202-0386
（ご注文等に関するお問い合わせ）
URL　https://starts-pub.jp/
印刷所　大日本印刷株式会社

Printed in Japan

乱丁・落丁などの不良品はお取替えいたします。
上記出版マーケティンググループまでお問い合わせください。
定価はカバーに記載されています。

ISBN 978-4-8137-1480-4　C0193

ベリーズ文庫 2023年9月発売

『エリート外交官は契約妻への一途すぎる愛を諦めない～きみは俺だけのもの～【極上スパダリの執着溺愛シリーズ】』 砂川雨路《すながわあめみち》・著

弁当屋勤務の菊乃は、ある日突然退職を命じられる。露頭に迷っていたら常連客だった外交官・博已に契約結婚を依頼されて…!? 密かに憧れていた博已からの頼みなうえ、利害も一致して期間限定の妻になることに。すると――「きみを俺だけのものにしたい」堅物な彼の秘めた溺愛欲がじわりと溢れ出し…。

ISBN 978-4-8137-1475-0／定価715円（本体650円＋税10%）

『冷徹御曹司の偽り妻のはずが、今日もひたすらに溺愛されています【憧れシンデレラシリーズ】』 惣領莉《そうりょうり》沙《さ》・著

食品会社で働く杏奈は、幼馴染で自社の御曹司である響に長年恋心を抱いていた。彼との身分差を感じ、ふたりの間には距離ができていたが、ある日突然彼から結婚を申し込まれ…!? 建前上の結婚かと思いきや、響は杏奈を蕩けるほど甘く抱き尽くす。予想外の彼から溺愛にウブな杏奈は翻弄されっぱなしで…!?

ISBN 978-4-8137-1476-7／定価726円（本体660円＋税10%）

『14年分の想いで、極上一途な御曹司は私を囲い愛でる』 若菜《わかな》モモ・著

OLの紬希は友人の身代わりでお見合いに行くことに。相手の男性に嫌われてきて欲しいと無茶振りされ高飛車な女を演じるが、実は見合い相手は勤め先の御曹司・大和で…！ 嘘がばれ、彼の縁談よけのために恋人役を命じられた紬希。「もっと俺を欲しがれよ」――偽の関係のはずがなぜか溺愛が始まって…!?

ISBN 978-4-8137-1477-4／定価726円（本体660円＋税10%）

『怜悧なパイロットの飽くなき求愛で双子ごと包み娶られました』 Yabe《やべ》・著

グランドスタッフの陽和は、敏腕パイロットの悠斗と交際中。結婚も見据えて幸せに過ごしていたある日、妊娠が発覚！ その矢先に彼の秘密を知ってしまい…。自分の存在が迷惑になると思い身を引いて双子を出産。数年後、再会した悠斗に「もう二度と、君を離さない」とたっぷりの溺愛で包まれて…!?

ISBN 978-4-8137-1478-1／定価726円（本体660円＋税10%）

『極秘の懐妊なのに、クールな敏腕CEOは激愛本能で絡めとる』 ひらび久美《くみ》・著

翻訳者の二葉はロンドンに滞在中、クールで紳士な奏斗に2度もトラブルから助けられる。意気投合した彼に迫られとびきり甘い夜過ごして…。失恋のトラウマから何も言わずに彼のもとを去った二葉だったが、帰国後まさかの妊娠が発覚！ 奏斗に再会を果たすと、「俺のものだ」と独占欲露わに溺愛されて!?

ISBN 978-4-8137-1479-8／定価726円（本体660円＋税10%）

ベリーズ文庫 2023年10月発売予定

Now Printing

『悪いが、君は逃がさない【極上スパダリの執着溺愛シリーズ】』 佐倉伊織《さくらいおり》・著

百貨店で働く紗弥のもとに、海外勤務から帰国した御曹司・文哉が突如上司として現れる。なぜか紗弥のことを良く知っていて、仕事中何度も助けてくれる文哉。ある時、過去の恋愛のトラウマを打ち明けたらいきなりプロポーズされて…!? 「諦めろよ、俺の愛は重いから」――溺愛必至の極上執着ストーリー！

ISBN 978-4-8137-1487-3／予価660円（本体600円＋税10%）

Now Printing

『タイトル未定【憧れシンデレラシリーズ4】』 宝月《ほうづき》なごみ・著

真面目な真智は三つ子のシングルマザー。仕事に追われながらも子育てに励んでいた。ある日、3年前に契約結婚を交わした龍一が、海外赴任から帰国すると真智を迎えに来て…!? すれ違いから一方的に彼に別れを告げ、密かに出産した真智。ひとりで育てると決めたのに彼の一途で熱烈な愛に甘く溶かされ…。

ISBN 978-4-8137-1488-0／予価660円（本体600円＋税10%）

Now Printing

『君の願いは俺が全部叶えてあげる～奇跡の花嫁～』 伊月《いづき》ジュイ・著

製薬会社で働く星奈は、"患者を救いたい"という強い気持ちを持つ。ある日、社長である祇堂の秘書に抜擢され戸惑うも、彼の敏腕な仕事ぶりに次第に惹かれていく。上司の仮面を外した祇堂は、絶え間ない愛で星奈を包み込んでいくが、実は星奈自身も難病を患っていて――。溺愛溢れる珠玉のラブストーリー！

ISBN 978-4-8137-1489-7／予価660円（本体600円＋税10%）

Now Printing

『タイトル未定（パイロット×看護師）』 宇佐木《うさぎ》・著

看護師の夏純は、最近わけあって幼馴染のパイロット・蒼生と顔を合わせる機会が多い。密かに恋心を抱いているが、今更関係が進展する様子はなく諦め気味。ところが、ある出来事をきっかけに蒼生の独占欲が爆発！ 「もう理性を抑えられない」――溺愛全開で囲われ、蕩けるほど甘い新婚生活が始まって…!?

ISBN 978-4-8137-1490-3／予価660円（本体600円＋税10%）

Now Printing

『きみは俺がもらう 御曹司は仕事熱心な部下を熱くからめ取る』 彼方紗夜《かなたさや》・著

恋人に浮気され傷心中のあさひ。ある日酔っぱらった勢いで「鋼鉄の男」と呼ばれる冷徹上司・凌士に失恋したことを吐露してしまう。一夜の出来事かと思いきや、その日を境に凌士は蕩けるように甘く接してきて…!? 「君が欲しい」――加速する彼の溺愛猛攻と熱を孕んだ独占欲にあさひは身も心も乱されて…。

ISBN 978-4-8137-1491-0／予価660円（本体600円＋税10%）

タイトル、価格等は変更になることがございますのでご了承ください。